Alice et le chandelier

Retrouvez *Alice* dans la Bibliothèque Verte

Alice et le diadème
Alice à Venise
Alice et la pantoufle d'hermine
Alice et les chats persans
Alice et la poupée indienne
Alice et les diamants
Alice et la rivière souterraine
Alice chez le grand couturier
Alice au ranch
Alice chez les Incas
Alice en Écosse
Alice au Canada
Alice et l'esprit frappeur
Alice écuyère
Alice et la réserve des oiseaux
Alice et le cheval volé
Alice au bal masqué
Alice chez les stars
Alice et le fantôme de la crique
Alice et l'architecte diabolique
Alice et la malle mystérieuse
Alice au manoir hanté
Alice et la dame à la lanterne
Alice et le chandelier
Alice et les faux-monnayeurs

Caroline Quine

Alice et le chandelier

Traduction
Hélène Commin

Illustrations
Marguerite Sauvage

Alice
Jeune détective de choc, extrêmement perspicace et courageuse pour ses dix-huit ans. Au volant de son cabriolet, elle se lance dans des enquêtes toujours trépidantes... quitte à affronter des adversaires aussi malhonnêtes que dangereux !

Marion
Le garçon manqué de la bande. Avec Bess, c'est la meilleure amie d'Alice... Grande sportive, elle a le goût de l'aventure, et ne dit jamais non à une bonne enquête !

Bess
C'est la cousine de Marion. Gourmande, coquette et aussi un peu timorée, elle finit cependant toujours par suivre ses amies dans les aventures les plus risquées...

James Roy

Le père d'Alice.
Ce célèbre avocat prête souvent main forte à sa fille dans ses enquêtes... quand ce n'est pas Alice qui l'aide à résoudre les énigmes les plus ardues !

Ned

Lorsqu'il n'est pas retenu par ses épreuves sportives ou par ses cours à l'université, ce beau jeune homme aide les trois amies à résoudre les mystères les plus ténébreux... pour le plus grand plaisir d'Alice !

L'ÉDITION ORIGINALE DE CE ROMAN A PARU EN LANGUE ANGLAISE CHEZ GROSSET & DUNLAP, NEW YORK, SOUS LE TITRE :

THE SIGN OF THE TWISTED CANDLE

© Hachette Livre, 1956, 2006 pour la présente édition.

Traduction revue par Anne-Laure Estèves

Tous droits de traduction, de reproduction et d'adaptation réservés pour tous pays.

Hachette Livre, 43, quai de Grenelle, 75015 Paris.

chapitre 1
L'orage

— Alice, je commence à avoir peur ! s'écrie Bess. Si on s'arrêtait ? Remarque, il vaut peut-être mieux continuer... Essaie d'aller plus vite !

Bien que la situation soit inquiétante, Alice Roy ne peut s'empêcher de sourire.

— Décide-toi ! dit-elle. Tu veux que je freine ou que j'accélère ?

Un éclair aveuglant traverse brusquement le ciel, et la réponse de Bess se perd dans le fracas du tonnerre. Alice jette un coup d'œil vers les nuages sombres qui s'amassent dangereusement à l'horizon.

— Vous avez vu comme le ciel est noir là-bas ! s'écrie Marion en tendant le bras vers l'ouest.

La chaleur est écrasante en ces premiers jours du mois d'août. Cet après-midi, les trois jeunes filles ont décidé de faire une promenade en voiture, dans l'espoir de trouver un peu de fraîcheur aux alentours de la ville. Elles se trouvaient à une quarantaine de kilomètres de River City lorsque le temps s'est couvert.

— Cette fois, nous n'y échapperons pas, déclare Alice.

Autour d'elles, les branches des arbres se courbent sous le vent violent et le ciel s'obscurcit. Tout à coup, la pluie se met à tomber violemment. En un clin d'œil, la route n'est plus qu'un immense étang de boue. Les roues de la voiture soulèvent des gerbes d'eau et Alice a un mal fou à garder le contrôle de son volant.

Le tonnerre fait un tel vacarme que les jeunes filles ne peuvent échanger un mot. Bess ferme les yeux et se bouche les oreilles en se recroquevillant le plus possible. Sa cousine Marion, d'habitude assez téméraire, a le visage pâle et tendu.

— Nous devrions nous mettre à l'abri, sous un arbre par exemple ! s'écrie-t-elle.

— C'est la pire chose à faire pendant un orage, répond Alice.

Au même instant, la foudre s'abat sur un vieil orme, tout près de la voiture. Les trois amies voient l'arbre se fendre de haut en bas, et les branches voler en éclats.

— On a eu chaud ! constate Alice, encore éblouie par l'éclair. Il faut à tout prix quitter cette route... Regardez, il y a de la lumière là-bas !

— Oui ! Ça doit être une maison, s'écrie Marion. Approche-toi, on va voir ce qui est écrit sur le panneau au bord de la route : « À cinquante mètres d'ici, auberge : *Aux Trente-Six Chandelles*. Hôtel restaurant. »

— Parfait. On va s'y abriter en attendant la fin de l'orage, déclare Alice.

 8

Le moteur faiblit par moments, mais la voiture poursuit sa route en cahotant. Au bout de quelques mètres, elle fait un écart et les roues avant s'enfoncent profondément dans la boue. Cette fois, le cabriolet s'arrête pour de bon et refuse de repartir.

— À tous les coups, il y a de l'eau dans le moteur, lance Alice avec impatience. On est en panne, les filles !

Bess rouvre les yeux avec précaution.

— Pourquoi est-ce que tu t'arrêtes ici ? demande-t-elle.

— Excuse-moi mais je n'ai pas eu le choix, répond Alice d'un ton irrité. Il ne nous reste plus qu'à courir jusqu'à l'auberge. Pas moyen de redémarrer la voiture !

Les trois jeunes filles abandonnent la voiture et quittent au plus vite le chemin bourbeux pour s'élancer tête baissée vers la maison. Celle-ci est apparemment très ancienne. C'est une grande bâtisse de plusieurs étages, avec une sorte de haute tour au toit plat et deux ailes plus basses. Des lumières brillent au rez-de-chaussée, mais le reste de la maison est plongé dans l'obscurité, à l'exception d'une fenêtre au sommet de la tour, derrière laquelle on aperçoit la flamme d'une bougie.

Alice et ses amies escaladent quatre à quatre les marches du perron et pénètrent sous la véranda située au rez-de-chaussée.

— Quelle douche ! dit Bess, haletante. Je dois être belle à voir...

Alice éclate de rire en passant ses doigts dans ses cheveux blonds dégoulinants. Les jeunes filles entrent dans l'auberge. Devant elles, s'étend un long couloir éclairé par de larges chandeliers fixés le long des murs. La forme des bougies est curieusement torsadée. Des deux côtés, de larges portes voûtées s'ouvrent sur de hautes salles. De petites tables y sont disposées en rang, et sur chacune d'elles est allumée une de ces bougies torses. À l'arrivée des jeunes filles, quelques couples déjà attablés tournent vers elles des regards intrigués.

Du fond du couloir, une femme vêtue d'une robe noire et d'un tablier blanc s'approche.

— Bonjour, madame, dit Alice. Notre voiture est tombée en panne dans le chemin. Pouvez-vous nous servir du thé et quelques biscuits en attendant que l'orage se calme ?

La femme apparaît maintenant en pleine lumière. Âgée d'une quarantaine d'années, elle est grande et maigre, et ses lèvres sont très minces.

— Installez-vous, je vous en prie, dit-elle.

— Est-ce qu'il y a un endroit où nous pourrions nous sécher et nous passer un coup de peigne ? demande alors Alice.

— Il y a des chambres au premier étage, répond la femme. Elles sont toutes libres. Prenez celle que vous voulez. Dans chacune, il y a une glace, des serviettes et un lavabo.

Alice et ses amies se dépêchent de monter le vieil escalier. Elles se recoiffent et remettent de l'ordre dans leurs tenues. Pressées de redescendre, elles se préparent à la hâte, sans échanger un mot. Dehors, l'orage redouble de violence et Alice elle-même ne se sent pas très rassurée. Les trois amies achèvent tout

juste leur toilette, quand une voix d'homme retentit soudain sur le palier :

— Où est-ce que tu vas avec ce plateau, sale gamine ?

Alice, toujours à l'affût du moindre mystère, se tourne brusquement vers ses compagnes, un doigt posé sur les lèvres. On entend une petite voix répondre, mais le hurlement du vent empêche Alice de bien distinguer ses mots.

— ...c'est son anniversaire : il a cent ans aujourd'hui. Alors, j'ai pensé que...

— Ça m'est égal. Il aura sa soupe, comme d'habitude, s'écrie l'homme. Rapporte ce plateau à la cuisine. J'ai trois clientes qui viennent d'arriver. Dépêche-toi d'aller les servir !

— Mais puisque...

— Tais-toi ! Redescends tout de suite, et surtout que je ne te reprenne pas à rôder par...

La fin de la phrase est étouffée par un terrible coup de tonnerre, suivi presque aussitôt d'un bruit de verre brisé. La foudre vient de s'abattre sur un grand pin planté dans le jardin, et l'arbre s'est écrasé contre plusieurs fenêtres de la maison.

La violence du choc fait sursauter Alice et ses amies vers le fond de la chambre. Quand le tonnerre s'apaise, c'est le silence qui s'installe. La pluie cesse brusquement et l'on entend, au rez-de-chaussée de la maison, le bruit des chaises repoussées en toute hâte, tandis que les clients de l'auberge crient d'effroi. Des pas précipités retentissent dans l'escalier : c'est sûrement l'homme qu'Alice et ses amies ont entendu parler qui tient à aller constater les dégâts au plus vite.

À ce moment, la porte de la chambre dans laquelle se trouvent les trois voyageuses grince et s'ouvre lentement. La mince silhouette d'une jeune fille d'environ seize ans apparaît alors. Elle a l'air terrifiée, mais Alice n'arrive pas à déterminer si c'est à cause de l'orage ou de la scène qui s'est déroulée quelques instants plus tôt sur le palier. La jeune fille porte elle aussi une robe noire et un tablier blanc. Ses doigts sont crispés sur les bords d'un plateau surchargé, qu'elle tient maladroitement devant elle. Un bouquet de fleurs et plusieurs plats appétissants menacent de dégringoler sur le plancher à tout moment.

— Attendez, je vais vous aider, s'écrie Alice, se précipitant vers la nouvelle venue.

Celle-ci pousse un cri d'effroi et chancelle. Alice rattrape le plateau au vol et le passe à son amie Bess, éberluée.

— Nous sommes venues ici faire un brin de toilette, explique-t-elle. L'orage nous a surprises sur la route.

Voyant la jeune fille toute tremblante, elle la prend par l'épaule et l'entraîne vers le lit.

— Reposez-vous un moment, dit-elle doucement. La foudre a dû tomber sur un arbre du jardin. Mais, tout va bien maintenant.

La jeune fille se laisse glisser sur le lit mais, au bout d'un instant, elle se relève d'un bond.

— Vite ! s'écrie-t-elle. Il faut que je m'en aille... Je n'ai pas le droit de traîner !

chapitre 2
Dans la tour

— Mais si, dit Alice en riant. On ne va tout de même pas vous mettre à la porte pour quelques minutes de repos. Après la frayeur que vous avez eue ! D'ailleurs, je vais porter ce plateau à votre place.

— Qui êtes-vous ? balbutie la jeune fille, s'efforçant de se calmer. Vous êtes très gentille, mais...

— Nous sommes tombées en panne en venant à l'auberge, reprend Alice. Ne vous inquiétez pas : nous ne sommes pas pressées de goûter.

Dehors, la pluie a repris de plus belle, mais le gros de l'orage est passé. Alice n'y pense même pas, car elle commence à flairer un mystère.

— Je m'appelle Alice Roy, reprend-elle.

— Et moi Peggy Bell, réplique la jeune fille. En fait, ça m'étonnerait qu'on me mette à la porte de l'auberge, les propriétaires sont mes parents adoptifs. N'empêche que je n'ai pas le droit de rester ici à bavarder avec vous. Il faut que je me remette au travail, sinon...

— Sinon quoi ? demande Alice vivement. Avec ce qui vient de se passer, personne ne remarquera votre absence. Vite, dépêchez-vous d'aller porter votre plateau.

— Je voudrais bien, mais je n'ose pas, dit Peggy, les yeux pleins de larmes. On me l'a interdit...

— Descendons goûter alors, coupe Marion, impatiente. Peggy, est-ce qu'il y a quelqu'un dans cette maison qui pourrait nous aider à réparer la voiture ?

— C'est bon, Marion, je vais m'en charger, déclare Alice aussitôt. Ça ne prendra pas longtemps et, de toute façon, on doit attendre que la pluie s'arrête avant de repartir. Et maintenant, qu'est-ce qu'on va faire de ce qu'il y a sur ce plateau ?

— Il n'y a qu'à le manger ! propose Bess d'un ton plein d'espoir.

Bess est très gourmande et il lui arrive souvent de manger plus qu'il ne faut...

— Le manger ? Mais tu rêves ? répond Alice en riant. Et puis on n'irait pas loin avec ça pour nous trois.

Et, se tournant vers Peggy, elle lui demande :

— Ce plateau était pour qui ?

— Pour M. Sidney. C'est lui le propriétaire des Trente-Six Chandelles, il habite tout seul dans la tour. Il a cent ans aujourd'hui et je lui avais préparé quelques douceurs pour fêter son anniversaire.

La jeune fille est d'une maigreur presque maladive et Alice ne peut s'empêcher de penser que Peggy ferait mieux de manger elle-même ce qu'il y a sur le plateau.

— Je voudrais bien voir ce monsieur, dit Alice.

On n'est pas centenaire tous les jours, ça mérite bien un petit repas de fête !

— M. Smith trouve que j'ai choisi des plats trop chers, reprend Peggy. En fait, M. Sidney laisse mes parents adoptifs exploiter l'auberge, et en échange ils doivent le nourrir et s'occuper de lui. Mais je ne sais vraiment pas pourquoi je vous raconte tout ça...

— Écoutez, dit Alice d'un ton ferme. Je vais payer ce qu'il y a sur ce plateau et le monter dans la tour. C'est moi qui servirai M. Sidney. Comme ça, votre père sera satisfait.

— Vous feriez vraiment ça ! s'écrie Peggy, les yeux brillants.

— Et puis, ajoute Alice en souriant, je dirai à M. Sidney que c'est vous qui avez organisé cette surprise.

À ce moment, une voix tonitruante monte du rez-de-chaussée.

— Peggy ! Où es-tu ?

— Il faut que je descende tout de suite, s'exclame la jeune fille en se précipitant vers la porte.

Après son départ, Marion s'approche d'Alice et, d'un geste affectueux, la prend par les épaules.

— C'est bien toi ça. Tu vas encore te mettre en quatre pour quelqu'un que tu ne connais même pas.

— Je préfère ça plutôt que de regarder la pluie tomber en attendant qu'on nous serve à goûter, répond Alice. Et puis j'ai l'impression que Peggy est beaucoup trop fragile pour vivre avec un homme aussi dur que ce M. Smith. Je voudrais l'aider... Descendez dans la salle à manger, je vous rejoins dans quelques minutes, je vais d'abord rendre visite à ce vieux monsieur.

— C'est peut-être un magicien qui va te jeter un sort du haut de sa tour enchantée ! dit Bess en riant.

Les deux cousines descendent au rez-de-chaussée, pendant qu'Alice grimpe les marches, impatiente de savoir ce qui l'attend au sommet de la tour.

L'escalier est sombre et la lueur des derniers éclairs à l'horizon dessine des ombres étranges sur les murs. Alice avance doucement, en veillant à ne pas renverser le plateau. Dehors, on entend encore le lointain grondement du tonnerre et la pluie qui frappe le sol, mais, dans la grande maison, tout est silencieux.

« C'est le cadre idéal pour un beau mystère », se dit Alice.

En haut de l'escalier se dresse une porte de chêne. Un peu de lumière filtre par-dessous mais on n'entend aucun bruit.

En un éclair, Alice repasse dans son esprit les différents événements, parfois banals, qui l'ont mise sur la piste de ses précédentes aventures. Le père d'Alice, James Roy, est un avocat réputé. Depuis la mort de Mme Roy, il y a plusieurs années, la fille et le père se sont énormément rapprochés. Alice est au courant de la plupart des affaires que traite ce dernier. Depuis qu'elle a réussi à résoudre quelques énigmes toute seule, la jeune fille est connue à River City pour être aussi intelligente et habile que son père.

« Me voilà bien avec les deux mains occupées ! Je vais être obligée de donner un coup de pied dans la porte », se dit Alice.

Elle heurte légèrement le panneau et, à sa grande surprise, il pivote lentement sur ses gonds.

Un spectacle étrange s'offre alors aux yeux d'Alice. La chambre est mansardée mais spacieuse, et les quatre murs sont entièrement recouverts de chandeliers dont les bougies sont allumées. L'atmosphère est étouffante et une lourde odeur de cire chaude règne dans la pièce.

Alice cligne des yeux, éblouie par le scintillement des dizaines de petites flammes. Elle entre dans la chambre d'un pas hésitant... Elle a l'impression d'entrer dans le grenier secret d'un sorcier. À l'autre bout de la pièce se trouve la grande fenêtre qu'elle a remarquée en s'approchant de la maison. Sur une table se tient l'énorme bougie torsadée dont la lueur l'avait tant intriguée quand elle l'avait aperçue de l'extérieur.

Tout à coup, Alice pose les yeux sur la silhouette courbée d'un très vieil homme assis dans un fauteuil placé à côté de la fenêtre. Ses longs cheveux argentés tombent sur ses épaules, et se fondent dans la barbe blanche qui s'étale sur sa poitrine. Sous les sourcils broussailleux, deux yeux vifs, d'une jeunesse surprenante, sont fixés sur Alice.

— Bonsoir, monsieur, dit la jeune fille. Je vous apporte le dîner que Peggy a préparé pour votre anniversaire.

C'est alors que le vieil homme tend ses bras maigres vers elle et s'écrie d'une voix rauque et haletante :

— Jeanne, ma chère Jeanne, tu es revenue !

chapitre 3
Un mystère

Alice regarde le vieillard avec étonnement. Qui peut bien être cette Jeanne à laquelle il pense s'adresser ?

— Je crois qu'il y a un malentendu, dit-elle en souriant. Je m'appelle Alice, Alice Roy, et c'est la première fois que je viens ici... Oh, que ce tableau est étrange !

Déposant son plateau sur un banc, elle désigne une toile accrochée au mur. C'est le portrait d'une jeune femme blonde, habillée d'une longue robe à manches bouffantes, comme on en portait au début du XXe siècle. La petite robe droite, sobre mais élégante, que porte Alice aujourd'hui est presque du même rose que celle du tableau. La jeune fille comprend donc très vite pourquoi le vieil homme, réveillé en sursaut, a cru voir, à la lueur des bougies, la jeune femme du portrait s'avancer vers lui.

— J'ai dû rêver, murmure Alfred Sidney, laissant retomber ses bras.

19

Et il ajoute, en levant brusquement la tête :

— Mais qu'est-ce qu'il nous reste d'autre, à nous les vieillards ?

Alice se tait, ne sachant que répondre...

— Bon, reprend le vieil Alfred avec un sourire, je crois qu'il va falloir que je songe à acheter une paire de lunettes. Vous avez fait une très belle apparition tout à l'heure et, dans mon demi-sommeil, j'ai bien cru que ma chère femme était descendue de son tableau. Si je ne suis plus capable de faire la différence entre une jeune fille bien vivante et un vieux morceau de toile, c'est qu'il est grand temps que j'aille voir un ophtalmologue.

— Je vous présente toutes mes félicitations pour votre anniversaire, dit Alice.

Alfred Sidney a un petit rire amer.

— Excusez-moi, mon enfant, répond-il, mais en vérité, je m'en moque bien.

Et, se rasseyant, il poursuit :

— Je vis seul depuis tellement longtemps. Mon anniversaire n'a aucune importance pour personne. Peggy est bien gentille d'avoir retenu cette date... mais à quoi bon ?

— Mais enfin, ce n'est tout de même pas rien de devenir centenaire, s'exclame Alice. Votre nom devrait être dans les journaux avec votre photo !

— Certainement pas, réplique le vieil homme. Il n'y a vraiment pas de quoi être fier. Je n'ai pas cherché à vivre plus longtemps que les autres. J'ai lu beaucoup d'articles à ce sujet dans les journaux. Les journalistes demandent toujours aux centenaires comment ils ont fait pour vivre aussi vieux. Et voilà qu'un vieil imbécile prétend qu'il suffit de ne jamais manger de viande, tandis qu'un autre idiot vous dira que s'il est devenu centenaire, c'est précisément parce qu'il ne mangeait rien d'autre que de la viande ! Non, vraiment, croyez-moi, si l'on arrive à cent ans, c'est tout simplement parce que l'on n'a pas eu la chance de mourir avant.

Alice ne peut réprimer un frisson. « Cet homme doit être très malheureux », se dit-elle.

Mais Alfred Sidney poursuit :

— Il n'y a pratiquement plus personne qui sait que j'existe et, parmi ceux-là, personne ne m'aime à part Peggy, Elle est la seule qui me rende visite simplement par affection.

— J'ai deux amies qui m'attendent en bas. Elles sont très gentilles, dit Alice, timidement.

Elle se demande comment le vieil homme va accueillir son idée.

— Est-ce que je peux aller les chercher ? Nous pourrions goûter ici avec vous et fêter votre anniversaire tous ensemble. Peggy pourra monter aussi...

— Quoi ? fait le vieillard brusquement. Mais d'abord, qui êtes-vous ? Répétez-moi votre nom.

— Je m'appelle Alice Roy, répond la jeune fille, surprise et légèrement vexée par l'étrange accueil que vient de recevoir sa proposition. Je suis la fille de James Roy, l'avocat.

— Tiens, tiens, votre père est avocat, reprend M. Sidney d'une voix tranchante. Et est-ce que vous pouvez m'expliquer pourquoi vous êtes venue me voir cet après-midi ?

— Pardon, monsieur, mais je ne suis pas venue

ici pour vous voir, répond Alice, blessée. Nous sommes venues à l'auberge avec mes amies pour nous mettre à l'abri de l'orage. Nous avons croisé Peggy dans une chambre et je lui ai rendu service en vous apportant le plateau.

— Quel plateau ?... Mais c'est vrai, je l'avais complètement oublié, dit Alfred. Vous savez, cela fait au moins dix ans que je n'ai pas reçu une seule visite. C'est peut-être ma faute, qui sait. Allez, faites monter vos amies, et puis, dites à Smith de nous servir tout ce qu'il faut. Vous êtes chez moi et c'est moi qui vous reçois. Il pourra toujours retenir les frais sur le montant du loyer qu'il me doit !

Les paroles du vieil homme ne peuvent que confirmer la première impression d'Alice.

La jeune fille se dépêche de descendre au rez-de-chaussée où elle trouve ses amies assises à une table, devant une théière fumante.

— Ah, enfin ! s'écrie Bess. Ça fait des heures qu'on t'attend ! Entre cette bonne odeur de thé et tous ces beaux gâteaux, je n'en peux plus ! Regardez le festin qui nous attend !

Bess désigne un grand plat creux garni de biscuits sucrés et de brioches parfumées.

— Il va falloir que tu attendes encore un peu, dit Alice. Et remets le couvercle sur le plat !

— Mais pourquoi ? gémit Bess. Tu veux me faire mourir de faim !

— Nous allons dîner dans la tour, annonce Alice. Mais il faut d'abord que je téléphone à la maison pour prévenir Sarah et lui demander d'appeler vos parents. Oui, les filles, nous allons dîner chez le plus vieux

monsieur que vous ayez jamais vu : il vient d'avoir cent ans !

Marion prend un air inquiet.

— Il nous a vraiment invitées ? demande-t-elle. Ça me paraît bizarre : on ne le connaît même pas...

— C'est sûrement parce que c'est bizarre que ça plaît à Alice ! dit Bess en riant. Moi, je trouve l'idée excellente, à condition de manger autre chose que des biscuits et de la brioche !

Aussitôt, elle appelle Peggy.

— Nous allons toutes dîner chez M. Sidney ce soir, déclare Alice. Vous pouvez demander à M. Smith de venir nous voir s'il vous plaît ?

L'aubergiste est un homme à l'allure imposante. Il est presque chauve mais porte une moustache fournie, qui lui donne un air faussement aristocratique.

— Vous désirez, mademoiselle ? demande-t-il d'un ton mielleux.

Il croise les mains et s'incline devant Alice.

— Nous avons décidé de commander un repas plus copieux, dit la jeune fille. Mais bien sûr, nous paierons le goûter que nous vous avions déjà demandé.

Smith se baisse encore plus bas tandis qu'Alice poursuit :

— Nous allons prendre un bouillon de poule, une salade verte, du Roquefort avec du beurre, du pain brioché et un moka au café.

Alice énumère ainsi les différents plats qu'elle a remarqués sur le plateau destiné à M. Sidney.

— Ce menu me semble excellent, murmure Bess, surtout la pâtisserie !

Smith se tourne vers la gourmande et ses yeux pâles se fixent un instant sur la silhouette plutôt ronde de la jeune fille. Celle-ci se sent horriblement gênée.

— Et moi, dit Marion, je vais prendre quelques petites galettes salées avec mon fromage.

— Il faut d'abord que je consulte ma femme, dit l'homme lentement. Ici, nous ne servons pas à la carte, il y a un menu. Mais bien entendu, si vous...

Face à l'hésitation de l'homme, Alice comprend que c'est l'argent qui le préoccupe. Et elle déclare d'un ton ferme :

— Nous paierons ce qu'il faudra.

Cette fois, l'homme paraît satisfait et il reprend, saluant de nouveau :

— Dans ce cas, je vais vous faire servir tout de suite, mademoiselle.

— Attendez. Nous voulons prendre notre repas avec M. Sidney, dans la chambre de la tour, et j'aimerais que Peggy vienne avec nous.

À ces mots, l'homme sursaute. Son sourire hypocrite disparaît, et son visage rougit violemment.

— Qu'est-ce que ça signifie ? s'écrie-t-il. Qui vous a parlé de la tour ? Pourquoi est-ce que vous voulez... et puis d'abord, qui êtes-vous ?

— Ça ne vous regarde pas, répond Alice avec un sourire. M. Sidney nous a invitées à dîner avec lui et nous avons très envie de fêter son anniversaire. Si ça peut vous rassurer, je paierai ce repas, ainsi que le plateau que Peggy a apporté là-haut.

— Alors, ce sera trente dollars, déclare Smith, scrutant Alice d'un œil sournois.

— Parfait, dit-elle, à condition que le dîner de M. Sidney et de Peggy soient compris dans le prix.

L'aplomb de la jeune fille paraît impressionner l'homme qui salue de nouveau avant de se retirer en se frottant les mains. Alice se met à rire.

— Je parie qu'il ne s'attendait pas à ce que je paye aussi cher, dit-elle, fouillant dans son porte-monnaie. Allez, montons chez M. Sidney, je vais vous présenter.

Au moment où les jeunes filles se lèvent, Peggy entre dans la salle et se met à débarrasser la table.

— Laissez tout ça à M. Smith, dit alors Alice. Vous venez avec nous manger chez M. Sidney.

— Oui, M. Smith me l'a dit, répond la jeune fille d'une voix craintive. Il n'avait pas l'air très content, mais il tient à garder sa clientèle, surtout quand elle paie bien... Vous savez, les affaires ne sont pas très bonnes en ce moment.

— Alors maintenant, je suis une invitée de marque, répond Alice, amusée. Apparemment, ce n'était pas le cas quand nous sommes arrivées !

Bess s'occupe à compter les tables.

— Quand la salle est pleine, ça doit faire beaucoup de monde, observe-t-elle.

— Oui. Mais à part le dimanche et les jours de fête, il n'y a pas grand monde, explique Peggy.

— Ce n'est pas trop dur de travailler ici ? Ces plateaux ont l'air tellement lourds !

C'est vrai. Je finis par en avoir mal aux bras et, souvent, je ne sens plus mes jambes à force de rester debout. Je n'ai jamais le temps de m'asseoir... et mes chaussures ne sont pas très confortables.

Alice ne peut s'empêcher de remarquer que la jeune fille possède une élégance naturelle malgré ses vêtements simples et son apparence modeste. Elle aimerait bien en savoir plus sur sa situation et sur la vie qu'elle mène chez les Smith. Mais elle n'ose pas encore aborder ce sujet délicat.

Tout à coup, Marion intervient :

— Vous pouvez garder les pourboires des clients, au moins ?

Peggy rougit jusqu'aux oreilles. Elle fixe obstinément le plancher, et les jeunes filles croient voir une larme glisser sur sa joue. Enfin, elle répond courageusement :

— Je n'ai pas le droit de garder d'argent. Mes parents trouvent que je suis trop jeune pour avoir un salaire. Et maintenant, il faut que je m'en aille, sinon...

— Je croyais que vous dîniez avec nous ! s'écrie Bess.

— Écoutez, dit Alice, je vais emmener mes amies chez M. Sidney, puis je redescendrai téléphoner chez moi et, après je vous aiderai à servir le dîner dans la tour.

— Oh ! non, ce n'est pas la peine ! dit Peggy d'une voix suppliante.

Alice décide tout de même de conduire Bess et Marion auprès d'Alfred Sidney, et de revenir chercher Peggy ensuite. En montant l'escalier, elle réfléchit. Il est évident que Peggy n'est pas heureuse. Est-ce que les Smith la maltraitent sous prétexte qu'elle n'est que leur fille adoptive ? Et puis, quel

26

lien existe-t-il entre cette pauvre enfant et le vieil homme de la tour ?

Alice n'est pas encore parvenue à une conclusion lorsqu'elle passe la porte d'Alfred Sidney. En voyant la silhouette du vieillard, Bess et Marion sursautent.

— Cette vieille tour doit vous paraître bien peu appropriée à vos charmantes présences, déclare M. Sidney avec une courtoisie d'une autre époque. Il faut dire qu'il y a très peu de femmes qui viennent me voir. La dernière fois, ce devait être il y a dix ans. Mais en tout cas, soyez les bienvenues.

Cette fois, Alice prend le temps d'examiner la pièce en détail. D'un côté, il y a une cheminée et, de l'autre, un grand canapé, où le vieil homme doit certainement dormir.

Celui-ci approche des visiteuses un fauteuil à bascule et deux chaises rustiques. Et s'inclinant devant Alice, il lui dit :

— Tenez, mon enfant, vous prendrez la place d'honneur.

— Merci monsieur, mais je dois d'abord descendre téléphoner chez moi. Peggy ne va pas tarder à nous rejoindre.

Le vieil homme tire au centre de la pièce une lourde table sculptée à la mode d'autrefois. Et, sortant un couteau de sa poche, il se met à gratter les taches de cire dont elle est couverte.

Alice se dit que M. Sidney n'a sans doute jamais fait très attention à l'aménagement de la pièce où il vit. Mis à part le portrait de la jeune femme, il n'y a rien aux murs, sauf deux ou trois textes encadrés et qui ressemblent à des brevets ou à des diplômes. Dans un coin de la pièce, se trouve une table couverte de marmites, de chaudrons et de barres de cire d'abeilles. Le long du mur, s'empilent des séries de moules à bougies étincelants.

Bess et Marion se taisent, impressionnées par l'étrange climat qui règne dans la chambre, et par l'attitude du vieil homme. Celui-ci se promène d'un bout à l'autre de la pièce, pestant contre sa propre maladresse et la lenteur de ses préparatifs.

— Bon, je reviens tout de suite ! s'exclame soudain Alice.

En descendant l'escalier, elle croise Smith qui, chargé d'un grand plateau, ronchonne à voix basse. Peggy le suit, tout aussi chargée.

— Mademoiselle, tout sera prêt dans un instant, dit l'aubergiste, se forçant à employer un ton aimable.

— Je vais passer un coup de fil, explique Alice.

— Il y a un téléphone au fond du couloir.

L'orage a provoqué des dégâts sur la ligne et Alice met un moment avant d'obtenir la communication pour River City. Enfin, elle parvient à entendre la voix de Sarah, la gouvernante de la famille Roy.

— Bonsoir, Sarah... C'est Alice, explique-t-elle.

— Oh Alice, enfin ! J'avais tellement peur que tu aies eu un accident de voiture. Où es-tu ?

— En fait, je ne sais pas exactement, répond la jeune fille. Quelque part dans la campagne, à environ trente kilomètres de River City. Nous nous sommes arrêtées dans une auberge pour nous abriter de l'orage. C'est un endroit très étrange... S'il te plaît, Sarah, ne m'attends pas pour dîner. Je mangerai ici,

28

avec Bess et Marion. Est-ce que tu... Allô ? Qu'est-ce qui se passe ?

Mais tout à coup, Alice entend un déclic dans le combiné, puis un bourdonnement. Alice secoue le récepteur.

— Allô, allô ! Je n'entends plus rien, s'écrie-t-elle. Ah ! zut, on a été coupées ! Allô !

Alice, un peu irritée, compose à nouveau le numéro. Enfin elle entend la voix catastrophée de Sarah qui, à l'autre bout de la ligne, s'emporte.

— On ne peut même plus passer un coup de fil tranquillement ! se plaint la domestique. Qu'est-ce que ça serait si on voulait téléphoner en Chine ou au pôle Sud !

— Sarah, interrompt Alice. Est-ce que tu peux appeler les parents de Bess et de Marion pour les prévenir qu'elles vont rester dîner avec moi ?

— Pas de problème, mais il faudrait que je sache où vous êtes !

— Sarah, tout ce que je sais, c'est que nous allons dîner avec un vieux monsieur très gentil. Il s'appelle Sidney, Alfred Sidney, et il vient d'avoir...

— Alfred Sidney ? s'exclame Sarah. Alors, attends-toi à des problèmes. Surtout...

La communication est coupée une seconde fois, et, malgré tous les efforts d'Alice, elle n'arrive pas à rappeler Sarah. Elle remonte dans la tour, plus intriguée que jamais. Que signifie donc le mystérieux avertissement donné par Sarah et, d'abord, comment connaît-elle l'existence d'Alfred Sidney ?

chapitre 4
Alfred Sidney

— Venez vous asseoir. La fête a déjà commencé ! s'écrie le vieillard quand Alice revient dans la chambre.

— Excusez-moi d'avoir été si longue, dit la jeune fille, en s'installant dans le fauteuil à bascule. Il y avait des problèmes sur la ligne.

Alfred Sidney hoche la tête.

— Oh, murmure-t-il. De mon temps, on n'avait pas le téléphone et on s'en passait très bien.

— C'est pourtant bien pratique, dit Alice. Sans parler de la radio, des voitures, des avions et des lampes électriques !

— Les lampes électriques ! Je préfère les bougies, et de loin, dit Alfred avec mépris. Mais ne parlons pas de cela. Nous ne sommes pas là pour nous disputer mais pour fêter mon anniversaire... Décidément, ce jus de fruit est excellent.

— Eh bien, je propose de porter un toast à M. Sidney : bon anniversaire, monsieur, s'écrie Alice, levant son verre.

Bess, Peggy et Marion imitent son geste en se tournant vers le vieillard qui rit dans sa barbe. Puis tout le monde attaque le repas de bon cœur. Les petites flammes des bougies se reflètent dans les assiettes. La joie règne dans la pièce, et Bess et Marion oublient peu à peu leur crainte vis-à-vis du vieil homme. De son côté, Peggy semble avoir perdu sa timidité. Alice raconte comment sa voiture est tombée en panne en plein milieu du chemin qui mène à l'auberge.

— C'est la lumière de la chandelle que vous avez placée devant la fenêtre qui nous a guidées jusqu'ici, confie-t-elle.

— Ah, rien ne vaut les bonnes vieilles bougies...

Le menton d'Alfred Sidney s'abaisse sur sa poitrine et le vieillard se tait un instant, comme perdu dans ses réflexions. Alice décide de le questionner sur la fabrication de chandelles.

— Ça a commencé en Angleterre, répond le vieil homme en finissant sa part de gâteau. Moi, je ne suis pas né ici, aux États-Unis, je viens de Liverpool. C'est une grande ville anglaise, juste en dessous de l'Écosse. À neuf ans, on m'a mis en apprentissage chez un fabriquant de chandelles.

— C'était un travail difficile ? demande Alice.

— La première année, on m'a fait transporter le bois et entretenir les feux sur lesquels on faisait fondre la cire. Il faisait une chaleur étouffante et les journées n'en finissaient pas. Plus tard, j'étais chargé de mélanger et d'écumer la cire brûlante. J'ai travaillé chez le même patron jusqu'à l'âge de vingt et un ans. Ensuite, avec mon diplôme en poche, j'ai pu partir.

» Sans me vanter, j'ai appris mon métier très rapi-

32

dement. Je n'avais même pas seize ans quand j'ai mis au point ma première invention. C'était une bougie avec quatre trous percés dans le sens de la longueur ; la cire chaude coulait par les trous au lieu de se répandre sur le chandelier. Comme ça, on ne perdait pas de cire puisqu'elle brûlait au fur et à mesure que la bougie baissait. Grâce à mon invention, mon patron a gagné beaucoup d'argent, mais moi, je n'en ai jamais vu la couleur !

— C'est une honte ! s'écrient les jeunes filles.

— Je suis bien d'accord. C'est pour ça que je me suis enfui après quelques années. Je n'avais pas un sou en poche et je ne possédais que les vêtements que j'avais sur le dos, mais j'étais décidé à partir pour l'Amérique. Je ne savais pas comment payer mon voyage, alors je me suis mis d'accord avec le capitaine d'un voilier et j'ai aidé le cuisinier du bord en échange de ma traversée.

» À bord, je lavais la vaisselle, je servais à table, et j'épluchais les pommes de terre. Pendant plusieurs jours, le vent est tombé et nous sommes restés immobilisés jusqu'à ce qu'il se remette à souffler. Il y avait de moins en moins d'eau en réserve. Nous avons mis sept semaines pour atteindre la côte du New Jersey. Deux jours plus tard, nous avons jeté l'ancre à Perth Amboy qui était aussi prospère que New York à l'époque.

— Je ne connais même pas le nom de cette ville, murmure Peggy.

— J'ai trouvé du travail très vite, poursuit Alfred. Je fabriquais des bougies, car, à cette époque, il n'y avait que les gens riches qui pouvaient s'offrir des lampes. Tous les autres s'éclairaient encore à la bougie. Quand j'ai eu quelques économies, je suis parti pour Philadelphie, puis pour Pittsburgh. Plus tard, je me suis installé à Marietta, dans l'Ohio. J'ai monté ma propre fabrique et mon magasin. Je me suis marié et j'ai eu deux enfants.

» Le soir, je faisais des expériences, je cherchais des méthodes nouvelles. C'est à ce moment-là qu'on a commencé à utiliser le pétrole et j'ai essayé d'adapter le bec des lampes à huile pour ce nouveau combustible. J'aurais mieux fait de tout arrêter tout de suite !

La tête blanche s'incline de nouveau et un frémissement parcourt le corps du vieil homme. Mal à l'aise, les visiteuses gardent le silence.

— J'ai fait une grande découverte à cette époque. Elle m'a rendu célèbre et m'a rapporté beaucoup d'argent. J'ai mis au point un mélange de cires qui permettait de fabriquer des bougies spéciales, capables de donner huit heures de lumière. J'ai eu l'idée de leur donner la forme torsadée que vous voyez ici. Ces bougies sont deux fois plus longues que les autres et, du coup, elles durent deux fois plus longtemps. En plus, la pointe est faite avec une cire très dure qui brûle lentement sans donner une clarté trop vive. Je m'étais dit qu'à la tombée du jour, on n'a pas encore besoin d'une grande lumière. Mais à mesure que la nuit tombe, la mèche de mes bougies torsadées atteint peu à peu la cire plus fine qui donne une flamme beaucoup plus forte et éclaire bien mieux.

» Je croulais sous les commandes. Tout le monde réclamait les nouvelles bougies Sidney. J'en ai même

vendu à l'étranger. J'avais tout : la fortune et la gloire, mais malheureusement !...

Soudain, Alfred Sidney s'abandonne à sa tristesse. Penchée en avant, Alice l'observe, espérant qu'il va continuer son récit. L'étrange avertissement de Sarah résonne encore à son oreille. Les paroles du vieil homme vont-elles lui révéler de quoi il s'agit ?

— Ah ! Foutue ambition... les hommes se laissent toujours griser par le succès, murmure Alfred.

— Moi je trouve normal, et même très bien que les gens qui réussissent cherchent à progresser encore. C'est comme ça que le monde avance, observe Alice.

— Oui c'est juste ! Sauf que, pour moi, c'est l'orgueil qui me poussait à continuer. Je me moquais bien des progrès de l'humanité ! dit Alfred tristement. Mes deux fils ont grandi : c'étaient déjà de petits hommes, ils allaient à l'école. Et puis, ma petite Lisette est arrivée. C'était le soleil de notre maison. Elle était vive et gaie, une enfant adorable. Elle voulait toujours qu'on l'appelle « la petite associée de papa » et je lui laissais faire tout ce qu'elle voulait à la fabrique.

» Je me suis comporté comme un idiot ! Et puis ma vanité et mon arrogance ont fait le reste... Sans ce maudit orgueil, Lisette serait devenue une belle jeune femme et, ce soir, toute ma famille serait réunie autour de moi pour fêter mon centième anniversaire. Au lieu de ça, je suis seul et malheureux depuis tant d'années.

La détresse du vieil homme semble si profonde qu'Alice se lève et vient poser la main sur son épaule tremblante.

— Je suis désolée que nous vous remettions en

mémoire des souvenirs aussi tristes, murmure-t-elle. S'il vous plaît, il ne faut pas vous désespérer.

— Mais qu'est-ce qu'il me reste à part le désespoir ? J'ai semé le malheur autour de moi : au lieu d'avoir un foyer agréable où mes arrière-petits-enfants viendraient sauter sur mes genoux, je me retrouve avec une grande maison vide et une famille éclatée. La haine et la jalousie ont remplacé l'affection et la tendresse.

En disant ces mots, Alfred Sidney se redresse et regarde autour de lui :

— Pardonnez-moi, mes enfants, dit-il. Je n'aurais jamais dû vous imposer tout cela, alors que vous êtes si gentilles avec moi... Peggy, est-ce qu'il y a encore du jus de fruits ? Buvons au présent et au progrès. Santé !

Tout le monde vide son verre.

— Regardez, l'orage est passé et, maintenant, la lune vient me narguer juste devant ma fenêtre, dit Alfred gaiement.

— Oh, je n'avais pas vu l'heure, il est tard ! s'écrie Alice. Il faut qu'on parte. Merci de cette merveilleuse soirée, monsieur. Est-ce qu'on pourra revenir vous voir un jour ?

— Cela me ferait vraiment plaisir, répond le vieillard avec élan. Grâce à vous, j'ai l'impression d'avoir rajeuni. Revenez souvent et je vous promets de ne plus vous embêter avec ma tristesse et mes souvenirs malheureux.

C'est ainsi que les trois jeunes filles prennent congé d'Alfred Sidney et de Peggy. Mais, au moment de partir, Alice, obéissant à une impulsion subite, prend Peggy à l'écart :

— Peggy, souviens-toi que mon père est avocat. Si mon père ou moi pouvons vous aider pour quoi que ce soit, n'hésitez pas à me le faire savoir, dit-elle.

— J'espère que vous reviendrez, répond Peggy, très intimidée, mais je ne vois pas pourquoi j'aurais besoin d'un avocat...

— Qui sait ? dit Alice simplement.

Puis, se tournant vers Bess et Marion, elle lance :

— Et maintenant, allons voir où en est notre moteur. J'espère que je vais réussir à le remettre en route !

chapitre 5
Étranges visiteurs

— Si tu tiens toujours autant à résoudre des énigmes, Alice, dit Bess, je crois que tu vas être servie avec l'histoire de M. Sidney.

— C'est bien possible, répond la jeune fille.

Elle soulève le capot de sa voiture. Puis elle commence à essuyer l'eau qui s'est répandue sur le moteur.

— Regardez les bougies, s'écrie-t-elle. Elles sont trempées, pas étonnant que nous soyons tombées en panne ! Marion, avance ta lampe, que j'y voie clair.

— Le moteur d'une voiture..., dit Marion, pour moi, c'est ça, la plus mystérieuse des énigmes !

— Écoutez, interrompt Alice, toujours penchée sur le moteur de la voiture. Sarah m'a dit quelque chose quand je lui ai expliqué où nous dînions. Elle n'avait vraiment pas l'air rassurée.

— Mais pourquoi ? s'exclame Bess, Si ça se trouve, cette auberge est le repaire de bandits ! Et toi qui ne nous as rien dit...

— J'ai expliqué à Sarah que nous allions manger avec Alfred Sidney, poursuit Alice. Elle a été très surprise et elle a marmonné je ne sais trop quoi, à propos de problèmes... Puis la communication a été coupée et je n'ai pas pu en savoir plus.

— Tu es sûre d'avoir bien entendu ? demande Marion. Je ne vois pas ce qui pourrait nous arriver en discutant avec ce pauvre homme.

— Moi non plus, mais je ne vais pas tarder à le savoir, parce que j'ai bien l'intention de faire passer Sarah aux aveux ce soir ! Bon, nos ennuis de moteur sont terminés, annonce Alice, en s'essuyant les mains. Tout le monde en voiture. Prochain arrêt, River City !

— Attends, il y a une voiture qui veut rentrer sur le chemin. Laisse-la passer, dit Marion.

La voiture rase le cabriolet des jeunes filles et s'arrête. Le conducteur passe la tête par la fenêtre et interpelle Alice, en lui reprochant de gêner le passage. Marion pousse un cri de surprise.

— Mais c'est notre grand-oncle Peter ! s'exclame-t-elle.

— Quoi, dit l'homme stupéfait, c'est toi, Marion ? Et Bess aussi ? Mais qu'est-ce que vous faites ici ?

Il sort de sa voiture, et s'avance vers les jeunes filles. Dans la lueur des phares, elles aperçoivent un visage crispé par la colère.

— Bonsoir, oncle Peter, ça fait des années qu'on ne t'a pas vu, lance Bess sur un ton faussement joyeux.

Mais elle saisit le bras de sa cousine et ne semble pas très rassurée..

Alice suit la scène avec étonnement. C'est la première fois qu'elle entend ses amies parler de ce grand-oncle. Elle sait seulement que la mère de Bess et celle de Marion sont sœurs mais elle ne connaît pas le reste de la famille.

— Vous allez m'expliquer ce que vous faites ici, oui ou non ? répète l'homme.

— Nous nous sommes arrêtées dans cette auberge pour dîner et attendre la fin de l'orage, répond Marion d'une voix incertaine. Je te présente Alice Roy, une amie. Alice, voici M. Peter Banks, notre grand-oncle.

M. Banks salue Alice d'un geste bref.

— Bon, eh bien sauvez-vous maintenant ! Des jeunes filles comme vous n'ont rien à faire sur les routes à une heure pareille. Et puis, laissez-moi vous dire que vos parents ne seraient pas très contents de savoir que vous fréquentez cette maison ! Sur ce, bonsoir !

Et, tournant les talons, il se dirige vers l'auberge.

— Toujours aussi agréable celui-là ! s'écrie Marion. Alice, j'ai l'impression que le mystère s'épaissit... En tout cas, si cet endroit est si peu recommandable, je me demande pourquoi oncle Peter s'y arrête !

— En attendant, il nous a donné un très bon conseil : rentrons vite à River City, déclare Alice. Mais j'aurais préféré que M. Banks gare sa voiture ailleurs que devant la mienne. Maintenant, je ne peux plus tourner : il va falloir que je parte en marche arrière. Oh non, il y a encore quelqu'un !

Une autre voiture arrive et, au grand désagrément d'Alice, elle s'arrête juste derrière le cabriolet.

— Décidément, tout le monde s'est donné rendez-vous dans cette auberge, s'exclame la jeune fille, donnant un léger coup de klaxon pour faire comprendre au conducteur qu'il doit lui laisser la place de reculer.

Tout d'abord, l'homme ne bronche pas, puis il manœuvre pour venir se placer à la hauteur d'Alice. Ses phares éclairent l'automobile de M. Banks.

— Vous savez à qui appartient cette voiture ? demande l'homme à Alice.

— À un monsieur, répond la jeune fille.

— Je suis sûr que c'est celle de Peter, grommelle l'inconnu.

Il descend de son siège et Alice constate qu'il a à peu près le même âge que M. Banks.

— C'est bien ça, reprend-il un ton plus haut.

Et, se tournant vers Alice, il lance brutalement :

— Je parie que vous êtes en train de l'attendre.

— Pas du tout, réplique la jeune fille, posant doucement la main sur le genou de Marion pour lui indiquer de garder le silence. Nous allons partir.

— Alors, je ne vous retiens pas, dit l'homme.

Puis, il s'accoude à la portière du cabriolet et poursuit en ces termes :

— Maintenant que le vieux a cent ans, tous les parents qui lui restent semblent comme par hasard se souvenir de lui. Mais ils pensent bien plus à son argent qu'à sa santé, vous pouvez en être sûres !

Ces paroles jettent une nouvelle lumière sur les étranges affaires d'Alfred Sidney, et Alice retient son souffle, dans l'espoir que l'inconnu va continuer tout haut ses réflexions.

— Depuis deux générations, tout le monde se dispute à cause de lui dans la famille, et voilà où on en arrive..., murmure l'homme. Mais je ne vais pas me laisser berner par Peter Banks, et je vous garantis que nous allons avoir une explication tous les deux. Foi de William Sidney !

— Vous êtes parents avec Alfred Sidney ? demande Alice, tandis que l'homme se redresse en prenant des airs conquérants.

— Comment ? Vous connaissez Alfred ? s'écrie-t-il.

Soudain furieux, il passe la tête par la portière du cabriolet :

— Et puis d'abord, qui êtes-vous ? demande-t-il violemment.

— Nous avons rencontré M. Sidney aujourd'hui pour la première fois, répond la jeune fille. Et nous lui avons organisé une petite fête d'anniversaire avec Peggy.

— Peggy ? (William Sidney fait une grimace de mépris.) Alfred s'intéresse plus à cette enfant trouvée qu'à sa propre famille !

— Il nous a paru très seul, dit Alice qui espère en apprendre encore davantage. Et il ne nous l'a pas caché...

Cette fois, l'homme explose.

— Ah bon ? Et à qui la faute s'il est seul ? s'écrie-t-il. Il ne veut plus voir personne, il décourage tout le monde et il s'enferme dans une mansarde à longueur de journée pour y fabriquer des bougies. Il est complètement fou ! Mais comptez sur moi, je ne vais pas laisser Peter Banks raconter des bêtises à Alfred.

Et il ajoute, montrant le poing :

— Jamais un Sidney ne se laissera marcher sur les pieds par un Banks !

Sur ces mots vengeurs, l'inconnu se précipite vers l'auberge, laissant les trois jeunes filles muettes de stupéfaction.

Alice manœuvre doucement afin de rejoindre la grand-route, puis elle prend la direction de River City. Les voyageuses, toujours sous le choc, se taisent.

Alice tourne et retourne dans sa tête les événements de l'après-midi et essaie de trouver un lien logique entre eux.

Tout d'abord, il y a Peggy qui a été grondée par M. Smith, puis la réception chez le vieillard, et la passionnante histoire qu'il a racontée, enfin ce drame mystérieux qu'il a laissé entrevoir... Il y a bel et bien une énigme là-dessous.

Jusqu'à l'arrivée inattendue de Peter Banks et de William Sidney, Alice ne comprenait pas pourquoi Sarah l'avait mise en garde. L'oncle de Bess et de Marion est certainement le rival de William Sidney, et ils appartiennent tous deux à la famille d'Alfred. Mais que voulait dire Sarah ? Est-ce quelque chose qui concerne les deux cousines ? Alice va-t-elle se trouver mêlée à leurs affaires de famille ?

Alice est tellement absorbée qu'elle atteint sans s'en apercevoir les faubourgs de River City. Bess finit par rompre le silence en demandant à son amie de la laisser devant chez elle.

— Quelle journée passionnante ! dit-elle en sortant de la voiture.

Et Marion, qui a décidé de descendre en même temps que sa cousine, ajoute :

— Il faudra qu'on retourne rendre visite à M. Sidney. Tant pis pour ce qu'en pensera oncle Peter !

Mais Marion ne se doute pas encore de ce qui va se passer...

— Il faudra qu'on retourne rendre visite à M. Sibuey. Tant pis pour ce qu'on pourra ouïr de Peter.

Mais Marion ne se doute pas encore de ce qu'on va trouver.

chapitre 6
Le récit de Sarah

— Bonsoir, papa ! s'écrie Alice en déboulant dans le salon où son père, installé au coin de la cheminée, feuillette un gros livre relié de cuir.

— Bonsoir, ma fille. Comment va la jeune associée de la maison James Roy et Compagnie ? demande l'avocat avec un sourire malicieux.

— Elle va bien, même si elle est encore un peu mouillée, après la douche de cet après-midi..., répond Alice, en embrassant son père.

— Justement, j'ai allumé du feu pour chasser l'humidité. Approche un fauteuil.

Alice s'installe en face de son père.

— Je ne savais pas que tu dînais à la maison, dit-elle. Sinon, je serais rentrée directement. Remarque, j'aurais manqué quelque chose de très intéressant, peut-être même le début d'une véritable aventure...

— Ça faisait longtemps ! Aurais-tu déjà flairé un nouveau mystère à percer ? s'exclame James Roy, feignant la plus grande surprise.

— Oh, j'ai failli oublier ! s'écrie brusquement Alice. Sarah ! Ah, tu es là !

— Tu es bien rentrée, ma chérie ? demande la vieille gouvernante, l'air inquiet. Mais tu es trempée ! Cours vite prendre un bon bain chaud et mettre des vêtements secs avant d'attraper un rhume !

— Ma robe et mes cheveux ne sont plus mouillés, proteste Alice. Et puis, je suis tellement bien ici, au coin du feu, que je n'ai plus envie de bouger. En plus, je suis curieuse de savoir ce que tu voulais me dire quand la communication téléphonique a été coupée. Je n'ai rien compris à ta mise en garde...

— Une mise en garde contre quoi ? s'écrie M. Roy.

— J'aimerais bien le savoir, répond Alice.

Et elle se dépêche d'expliquer :

— Cet après-midi, j'étais en train de me promener en voiture avec Bess et Marion quand l'orage a éclaté. Nous sommes allées nous réfugier dans une auberge au nom bizarre, en pleine campagne : les Trente-Six Chandelles. Là-bas, nous avons rencontré un vieux monsieur qui s'appelle Alfred Sidney. Comme il venait d'avoir cent ans, nous avons décidé de rester un peu avec lui pour fêter son anniversaire. Alors, j'ai appelé Sarah et elle s'est mise dans tous ses états en me disant que je risquais de m'attirer des problèmes. Mais nous avons été coupées et je n'ai pas pu en savoir davantage... Que voulais-tu me dire, Sarah ?

— C'est une longue histoire, tu sais, dit la gouvernante.

— Alors, asseyez-vous et racontez-nous cela, dit

James Roy. Je ne tiens pas à ce qu'Alice ait des ennuis.

— Oh ! l'histoire, ça n'est pas vraiment grave, mais elle risque de faire un peu de peine à Alice. Comme Bess et Marion sont ses meilleures amies...

— Continue, s'il te plaît, dit Alice, impatiente.

— Bon, commençons par le commencement, répond Sarah. Je vais vous expliquer pourquoi je sais toutes ces choses. C'est Catherine Hartley qui m'a parlé de cette histoire. Elle travaillait chez Mme Sidney et elle y est restée jusqu'à la mort de sa maîtresse. Après, elle est revenue par ici. J'étais bien contente parce que c'est une amie depuis longtemps et puis nous faisons nos courses au même endroit...

— Oh ! Sarah, reviens à l'histoire, s'il te plaît, s'écrie Alice.

— D'accord, reprend Sarah, l'air un peu pincé. Alors voilà : Alfred Sidney est responsable de la mort de sa petite fille. Il est fou et, avec ses inventions du diable, une catastrophe a fini par arriver ! Pourtant, il tenait à cette enfant comme à la prunelle de ses yeux.

» Les Sidney étaient riches, mais Alfred passait tout son temps sur ses bougies pour découvrir sans arrêt de nouveaux moyens de gagner encore plus d'argent. D'après ce que m'a dit Catherine, il avait inventé une espèce de lampe à pétrole. Il fallait faire marcher une petite pompe pour pouvoir l'allumer...

— Original, murmure James Roy.

— Il paraît qu'il n'y avait pas besoin de mèche, continue Sarah, parce qu'en pompant, on faisait monter le pétrole dans le bec. Mais tout cela n'a pas beaucoup d'importance puisqu'en réalité, il n'est jamais arrivé au bout de son invention.

— Mais tu viens de nous expliquer que..., commence Alice.

— Oui, cela ne veut pas dire que personne ne se soit servi de cette lampe ! Enfin, toujours est-il qu'un soir Alfred Sidney travaillait dans son atelier pendant que la petite Lisette jouait à côté de lui. Il venait de réussir à allumer son engin et il s'était éloigné à l'autre bout de la pièce quand la lampe a explosé. Le pétrole enflammé s'est répandu partout et l'enfant a été brûlée vive.

— Quelle horreur, s'exclame Alice. Maintenant, je comprends pourquoi M. Sidney est si triste. Ce n'est pas étonnant qu'il ait tant de peine à parler du passé !

— Attends, je n'ai pas fini, reprend Sarah. Quand le malheur est arrivé, Mme Sidney était partie faire une promenade avec ses deux aînés. En rentrant, elle a trouvé l'atelier en cendres et sa fille morte. Elle n'a pas dit un mot à son mari, mais, la nuit suivante, elle a quitté la maison en emmenant ses fils. Et c'est depuis ce jour-là que les Banks et les Sidney se détestent. Les Banks en veulent aux Sidney parce qu'Alfred a fait mourir sa fille et les Sidney en veulent aux Banks parce que Mme Sidney a abandonné son mari.

— Que c'est compliqué, observe Alice. Je n'y comprends plus rien. Je ne vois pas qui sont les Banks et pourquoi ils détestent autant les Sidney ?

— Le nom de jeune fille de Mme Sidney était Banks, explique Sarah.

— Je m'en doutais un peu... Dis-moi : Bess et Marion sont bien parentes des Banks, non ?

— Tout à fait ! répond Sarah, triomphante.

— Apparemment, aucune des deux n'était au courant qu'elles avaient un lien de parenté avec Alfred Sidney. Pourtant, au moment de quitter l'auberge, un homme est arrivé en voiture. C'était leur grand-oncle. D'ailleurs, il les a grondées parce qu'elles se trouvaient là.

— Attends une minute...

Et Sarah se met à compter sur ses doigts, énumérant à mesure :

— Mme Sidney est allée vivre chez son frère Jérémie qui était veuf. De ses deux garçons l'un ne s'est jamais marié, et l'autre n'a pas eu d'enfant. Alfred n'a donc pas de petits-enfants. Et il y a Peter Banks aussi... Ce doit être le fils de Jérémie, et donc le neveu d'Alfred. Il avait une sœur, qui est morte maintenant, mais ses deux filles sont les mères de tes amies !

— Donc si je comprends bien, s'écrie Alice, qui, penchée en avant, n'a pas perdu un mot de ce que vient d'énoncer Sarah, Peter Banks, l'homme que nous avons rencontré ce soir, est le neveu d'Alfred. Et la grand-mère de Marion et de Bess était sa sœur... Conclusion : mes deux amies sont les petites-nièces d'Alfred Sidney !

— C'est bien ça, approuve Sarah, rayonnante.

— Et évidemment, comme elles appartiennent au clan des Banks, elles se retrouvent mêlées sans le savoir à la querelle avec les Sidney.

— Voilà et c'est pour ça que j'avais peur que tu

aies des ennuis en emmenant tes amies dîner chez le vieil Alfred !

Alice s'enfonce dans son fauteuil.

— J'espère bien que non, dit-elle. Je n'arrive pas à comprendre qu'on puisse être rancunier à ce point. Ce drame remonte à plus de cinquante ans !

— Malheureusement, je crois que l'histoire ne s'est pas arrêtée là, mais je ne sais pas exactement ce qu'il s'est passé ensuite, dit Sarah en se levant. Certains des Banks et des Sidney se sont réconciliés, il y a même eu un mariage. Seulement tout le monde ne l'a pas accepté, et le couple a été déshérité.

— Merci, Sarah, dit Alice. Tu viens de me donner des renseignements très précieux.

Après le départ de la gouvernante, la jeune fille achève de raconter à son père sa folle journée, sans omettre la rencontre avec William Sidney.

— Ne t'inquiète pas, ma fille. Maintenant que Sarah t'a donné les éléments qui te manquaient dans cette histoire, l'énigme est résolue, conclut James Roy. Le problème, c'est que les deux familles risquent encore de se disputer à propos de la fortune du vieil homme. Mais je ne vois pas ce que cela pourrait changer entre toi et tes deux amies. Leurs mères ont eu la sagesse de ne pas les embarquer dans ces problèmes de famille.

— Nous avions l'intention de retourner toutes les trois chez Alfred Sidney, dit Alice. À ton avis, il faut que je prévienne Bess et Marion qu'elles ont un lien de parenté avec lui ? Attend, le téléphone sonne !

La jeune fille se lève d'un bond pour répondre. Elle espère vaguement que l'appel vient de Ned

Nickerson, son ami d'enfance, qui l'a tant aidée dans l'une de ses précédentes aventures. Mais au lieu de la voix grave et cordiale qu'elle attend, Alice ne distingue qu'un murmure lointain.

— Je suis bien chez Mlle Roy ? demande-t-on.

— Oui, c'est moi, répond la jeune fille.

— Vous êtes bien la personne qui est venue cet après-midi à l'auberge des Trente-Six Chandelles ?

Ces mots font sursauter Alice.

Et elle répond, le cœur battant :

— Oui, c'est ça, j'étais avec deux amies. Qui est à l'appareil ?

— C'est Peggy Bell.

— Peggy ? Je suis contente de vous entendre. J'étais justement en train de parler de vous à mon père.

— Merci, mademoiselle... Vous m'avez bien dit que votre père était avocat ?

— Oui, mais vous pouvez m'appeler Alice. Et n'oubliez pas que je vous ai promis qu'en cas de besoin, mon père ferait de son mieux pour vous aider. Peggy, on peut se tutoyer maintenant, non ?

— Merci, Alice. Mais ce n'est pas pour moi, c'est pour M. Sidney. Il lui faut un avocat, un très bon avocat, et il m'a demandé de lui en trouver un qui accepte de venir le voir demain matin. En fait, il a décidé de rédiger un nouveau testament.

— Il n'y a pas de problème, Peggy : mon père sera chez vous dans la matinée !

Quelques minutes plus tard, Alice parvient sans peine à convaincre son père de tenir la promesse qu'elle a faite en son nom. James Roy commence en effet à s'intéresser, lui aussi, aux affaires compliquées de la famille Sidney.

— Est-ce que je pourrais t'accompagner ? demande Alice.

— Je ne sais pas si c'est une très bonne idée... Tu sais qu'il s'agit d'une visite professionnelle, répond l'avocat, cherchant à taquiner sa fille.

Et il ajoute d'un ton léger :

— Nous verrons cela demain matin !

chapitre 7

Premières difficultés

Pour Alice, les derniers mots de son père équivalent à une promesse. Elle sait bien qu'elle pourra aller avec lui aux Trente-Six Chandelles. Mais James Roy aime prendre des airs mystérieux.

C'est ainsi que, le lendemain matin, le père et la fille se mettent en route. Au volant de son petit cabriolet, Alice conduit à vive allure et ils atteignent bientôt l'auberge à l'aspect agréable et bien peu mystérieux sous le soleil de cette belle journée.

— Regarde, dit Alice en désignant la tour, la chambre d'Alfred Sidney se trouve là-haut. Et là, c'est Peggy qui balaie le perron.

En entendant la voiture dans l'allée, la jeune fille relève la tête et lâche son balai pour se précipiter à la rencontre des visiteurs.

— M. Sidney vous attend, dit elle. Tu veux bien montrer le chemin à votre père, Alice ? Il faut que je me dépêche de finir mon travail.

— Bien sûr, dit Alice.

Et, se penchant vers Peggy, elle lui glisse à l'oreille :

— Reste dans le coin. Je vais redescendre dans un instant.

Peggy acquiesce d'un sourire et Alice rejoint son père qui l'attend dans le couloir. Ensemble, ils se dirigent vers l'escalier qui monte à la tour.

— Cette jeune fille est charmante, observe l'avocat. Mais je la trouve bien maigre pour accomplir de gros travaux. Elle ne doit pas goûter souvent à la cuisine de l'auberge !

— En fait, M. Sidney est propriétaire de la maison et il a permis aux Smith d'en faire un hôtel-restaurant, explique Alice. Peggy est leur fille adoptive...

Arrivée en haut de l'escalier, elle frappe à la porte de la chambre, et la voix d'Alfred Sidney répond aussitôt :

— Entrez !

— Entrez, entrez, répète le vieillard en souriant. Il fait très clair aujourd'hui, aucun risque que je vous confonde avec le personnage du tableau !

Puis, s'adressant à James Roy :

— Bonjour, maître. Pardonnez-moi de rester assis, mais j'ai eu une nuit assez agitée et, ce matin, je me sens un peu fatigué. Asseyez-vous à côté de moi.

— Merci, monsieur, dit l'avocat.

— Je veux faire un nouveau testament, annonce le vieil homme simplement. Mais d'abord, je tiens à vous rassurer. Même si ce lieu paraît misérable, j'ai de quoi payer vos honoraires. Je désire être très bien conseillé et je suis prêt à en assumer les frais...

Pendant qu'Alfred Sidney discute avec son père, Alice quitte la pièce sur la pointe des pieds.

« Je connais suffisamment ce genre d'affaire pour savoir que je n'ai rien à faire ici », se dit-elle en refermant la porte derrière elle sans bruit.

Elle se retrouve sur le palier, un peu étonnée par ce qu'elle vient d'entendre. On ne rédige pas un testament à la légère, et Alice ne peut s'empêcher d'avoir pitié de ce centenaire dont les jours sont assurément comptés.

Sur la première marche de l'escalier, elle s'arrête un instant afin de jeter un coup d'œil par la fenêtre qui s'ouvre vers le jardin. De là, elle aperçoit l'angle d'une vieille cabane et, plus loin, les premiers arbres d'un bosquet au bas d'une colline.

« Ce doit être le bois où nous étions hier pendant l'orage », songe la jeune fille.

Soudain, elle voit passer une silhouette qui retient son attention, et elle se cache instinctivement dans un coin afin d'observer l'individu sans se faire voir. Elle vient de reconnaître Frank Smith, le père adoptif de Peggy. Vêtu d'une salopette de jardinier, il transporte une bêche et un grand panier qui semble très lourd.

« Il a dû aller arracher des pommes de terre, se dit Alice. Mais alors, il devrait aller vers la maison, au lieu de s'en éloigner. Non, j'ai l'impression qu'il va creuser un trou quelque part... Et si c'était pour enterrer un objet qu'il veut cacher ! »

L'homme s'est arrêté à l'angle de la cabane, située au fond du terrain qui entoure l'auberge, à bonne distance de la route. Smith pose son panier par terre, puis se redresse et observe avec attention les fenêtres de la maison. Satisfait de cet examen, il se met à creuser le sol avec vigueur.

« Celui-là, il prépare quelque chose de louche, conclut Alice. Je me demande ce qu'il cherche à cacher. »

Le trou mesure maintenant une cinquantaine de centimètres de profondeur et presque autant de diamètre. L'homme se penche vers son panier et en retire une petite boîte. Alice se retient pour ne pas pousser un cri de surprise en reconnaissant l'objet, qu'elle a remarqué la veille dans la chambre d'Alfred Sidney.

C'est un petit coffret en ébène cerclé de cuivre et Alice se souvient très bien de l'avoir vu sous une chaise qu'elle voulait déplacer dans la mansarde du vieil homme.

Sur le moment, elle s'était dit que la boîte devait contenir des produits ou des outils qu'Alfred utilisait pour ses expériences. Mais, de toute évidence, son contenu est beaucoup plus précieux...

Smith place le coffret dans le trou et le recouvre, sans attendre, de quelques gros rondins de bois. Il remplit ensuite de terre son panier et revient tranquillement vers la maison. Pour quelqu'un qui n'a pas vu la scène, il est impossible de repérer quoi que ce soit d'inhabituel à côté de la cabane.

« Décidément, il se passe ici beaucoup plus de choses que ce qu'on pourrait penser, se dit Alice, en descendant l'escalier. J'ai bien l'impression qu'un petit malin essaie de s'approprier la fortune de M. Sidney. »

À ce moment, Peggy sort de l'une des chambres

du deuxième étage où elle guettait le retour d'Alice. Celle-ci sent que la jeune fille a quelque chose à lui dire, mais qu'elle ne sait pas par où commencer. Alice décide donc de lui tendre une perche.

— M. Sidney a dû changer d'avis brusquement au sujet de son testament, dit-elle.

— Chut ! souffle Peggy, jetant autour d'elle un regard inquiet. Je n'ai rien dit à mes parents... Oh ! Alice, je déteste leur mentir, je leur dois beaucoup, tu sais !

— Qu'est-ce que tu veux dire ? demande Alice, se rapprochant de la jeune fille.

— Je voudrais bien y voir plus clair dans cette affaire, je t'assure, répond Peggy avec un soupir. J'aime tant M. Sidney et il a l'air si malheureux... Hier soir, il a eu une visite après ton départ. Quelqu'un que j'ai déjà vu ici plusieurs fois. Il vient toujours le soir, assez tard. Je crois que c'est un vague parent de M. Sidney. Dix minutes plus tard, un autre monsieur est arrivé. Je l'avais déjà croisé quelques fois aussi, mais c'est la première fois qu'ils étaient là tous les deux en même temps.

» Au bout d'un moment, les deux hommes ont commencé à se disputer chez M. Sidney. On les entendait crier de la cuisine ! Alors, papa est monté dans la tour pour écouter à la porte. Ça a duré plus d'une heure, et puis l'un des hommes est sorti à l'improviste. En découvrant papa sur le palier, il s'est mis dans une colère terrible. Quelques minutes plus tard, l'autre visiteur est parti aussi, en claquant les portes derrière lui.

— Pauvre M. Sidney, dit Alice, ça ne m'étonne

pas qu'il ait passé une si mauvaise nuit ! Il faut que je te dise : ces deux hommes se sont disputés à cause d'une vieille histoire de famille. L'un est un parent de M. Sidney, et l'autre fait partie de la famille de Mme Sidney.

— Je n'en avais jamais entendu parler, dit Peggy.

— Je te raconterai ça à un autre moment, promet Alice. Mais continue ton histoire...

— Papa était furieux de s'être laissé surprendre à écouter et quand il est redescendu, il m'a envoyée au lit sans discussion. Mais, comme j'entendais M. Sidney marcher de long en large dans sa chambre, je suis montée lui demander s'il avait besoin de quelque chose. Il m'a répondu : « Non, Peggy, la seule chose qui pourrait m'aider, c'est de rencontrer le meilleur avocat du pays... » Alors, je lui ai parlé de ton père et il m'a demandé de lui fixer rendez-vous sur-le-champ. J'ai obéi, sans rien dire à personne, et c'est ça qui me...

— Ne t'inquiète pas. Tu peux en parler à tes parents si tu veux. Mais je ne sais pas s'ils vont être très contents d'apprendre avec qui est M. Sidney en ce moment.

— Maman n'est pas à la maison pour l'instant, explique Peggy. Elle est allée acheter des poulets chez les Kinsley, de l'autre côté du bois. Et mon père a interdit qu'on le dérange : il est dans le garage en train de réparer la voiture.

— Ta mère va revenir bientôt ? demande Alice.

— Oui, et bien plus tôt que vous ne le pensiez !

Les deux jeunes filles sursautent au son de la voix irritée qui vient de retentir derrière elles. À leur grande surprise, la femme de l'aubergiste surgit d'une pièce voisine, en peignoir, une brosse à la main.

— La prochaine fois que tu voudras raconter des histoires de famille à la première venue, assure-toi d'abord que je ne suis pas dans les parages ! s'écrie-t-elle, furieuse.

Et, rouge de colère, elle brandit sa brosse vers Peggy, terrifiée.

— J'ai entendu tout ce que tu as dit, effrontée, poursuit-elle, menaçante. Tu n'es qu'une hypocrite et une menteuse !

Et, se tournant vers Alice, elle s'écrie à tue-tête :

— Quant à toi, ma belle, tu ne perds rien pour attendre !

chapitre 8
Les soupçons de Peggy

Alice se redresse lentement et ses yeux bleus se fixent sur la femme déchaînée. Clara Smith paraît se troubler un instant sous ce calme regard mais repart bientôt de plus belle :

— Après tout ce que nous avons fait pour toi, sale gamine ! Et c'est ça notre récompense ?

Épouvantée, Peggy s'est jetée contre Alice, et celle-ci la sent trembler de tous ses membres.

— Puisque tu ne sais pas tenir ta langue, je vais te passer l'envie de recommencer ! continue la mégère.

Et elle frappe violemment Peggy d'un coup de brosse sur l'épaule.

Celle-ci pousse un cri de douleur, tandis que la mégère continue de taper. Alice pâlit.

— Laissez-la ! dit-elle d'une voix blanche.

Et elle s'interpose entre la jeune fille et sa mère.

— De quoi te mêles-tu ? hurle la furie. Si une mère n'a plus le droit de corriger sa fille... Petite peste ! Tu en as du culot !

— Et vous, comment osez-vous traiter ainsi une orpheline ! riposte Alice.

— Insolente !

Suffoquant de rage, Mme Smith bondit en avant et se jette sur Alice pour lui asséner un violent coup de brosse dans le ventre mais la jeune fille est plus rapide et lui saisit fermement le poignet avant de le tordre et de s'emparer de l'arme improvisée.

— Vous mériteriez que je porte plainte contre vous, dit-elle, ses yeux bleus étincelant de rage. Je pourrais même vous faire arrêter.

— Tu ne doutes vraiment de rien... Mais ma jolie, pour qui est-ce que tu te prends ? s'exclame Mme Smith d'une voix railleuse.

Elle semble tout de même impressionnée par la défense courageuse de la jeune fille, et elle ne fait pas la moindre tentative pour récupérer sa brosse. Elle craint sans doute que son adversaire ne lui rende ses coups.

— Tout ça n'a rien à voir avec qui je suis, rétorque Alice. Vous n'avez pas le droit de frapper qui que ce soit...

— C'est ce qu'on va voir, répond l'autre avec un mauvais sourire. Autant que je sache, je suis ici chez moi et je compte bien faire ce que je veux, surtout si quelqu'un essaie d'entrer dans ma maison sans permission !

— Vous vous trompez, vous savez très bien que vous n'êtes pas chez vous, et je vous ferai remarquer que je ne suis pas entrée sans permission, riposte Alice.

Mme Smith la regarde un instant, bouche bée.

— Que... que... Qu'est-ce que tu veux dire ? balbutie-t-elle enfin.

— Tout simplement que cette maison appartient à M. Sidney et que c'est lui qui m'a invitée à venir ici.

— On peut savoir qui tu es, pour être au courant de tant de choses ? demande alors la femme, avec une nuance de respect dans la voix.

— Je m'appelle Alice Roy et je suis la fille de James Roy. Vous avez peut-être entendu parler de lui ? Il est justement en grande discussion avec M. Sidney.

Alice ne peut réprimer un sentiment de fierté et de triomphe en voyant Mme Smith perdre tout à coup son arrogance.

— Quoi, balbutie-t-elle d'une voix étranglée, James Roy, l'avocat ?

Disant ces mots, elle cherche le mur de la main, comme si elle se sentait prête à s'évanouir.

— Exactement, James Roy, répète Alice.

— Je connais sa réputation, marmonne Mme Smith. On voit son nom partout dans les journaux, et le tien aussi, d'ailleurs... Je ne savais pas qui vous étiez, mademoiselle, et je suis désolée d'avoir essayé de vous frapper tout à l'heure. Je suis vive et, quand mon mauvais caractère prend le dessus, voilà ce qui arrive. Pardonnez-moi.

— Si vous croyez que je n'ai pas compris votre manège, observe Alice. Vous vous excusez seulement parce que mon père est avocat.

— Vous ne lui direz rien, n'est-ce pas ? supplie

Mme Smith. Je ferai ce que vous voudrez pour réparer ma bêtise.

— Je vous propose un marché, déclare Alice, rendant la brosse à son adversaire. Je promets de ne pas avertir pas mon père, à la condition que vous ne parliez de rien à M. Smith.

— D'accord, s'écrie la femme.

— Parfait, mais je vous préviens que si vous levez la main sur Peggy une fois de plus, je préviendrai mon père immédiatement et il se fera un plaisir de vous traîner en justice.

Sur ces mots, Alice tourne les talons et s'éloigne, laissant Peggy abasourdie. C'est la première fois qu'elle voit Mme Smith s'incliner devant un adversaire. M. Smith lui-même redoute ses violentes réactions. L'admiration que Peggy ressent déjà pour Alice ne fait que grandir.

Cependant, la mégère suit la jeune fille de ses yeux pleins de rage.

— Tu as gagné cette fois, ma belle, marmonne-t-elle entre ses dents, mais nous verrons bien qui aura le dernier mot !

Au même instant, Alice se retourne vers Mme Smith et celle-ci, surprise, laisse tomber sa brosse. Mais Alice se contente d'annoncer qu'elle commence à avoir faim et qu'elle aimerait bien que Peggy lui apporte une tasse de chocolat chaud et quelques biscuits.

— Mais bien sûr, mademoiselle, avec plaisir, s'empresse de dire Mme Smith, avec une politesse exagérée.

En réalité, Alice cherche une nouvelle occasion

pour parler avec Peggy à l'abri des oreilles indiscrètes. Elle s'installe donc au milieu de la vaste salle à manger, déserte à cette heure, et attend tranquillement l'arrivée de la jeune fille. Lorsque celle-ci dépose sur la table son plateau garni, Alice l'invite à s'asseoir face à elle.

— J'ai promis de te dire ce que je sais à propos de M. Sidney et de ses problèmes de famille, commence-t-elle.

Elle répète à Peggy l'histoire que Sarah lui a racontée et conclut :

— Apparemment, M. Sidney est très riche. Il a amassé une grande fortune dans sa jeunesse et il n'a probablement pas tout dépensé, surtout quand on voit la vie qu'il mène. Et aujourd'hui, les gens de sa famille, qui se disputent à propos d'une histoire qui ne les regarde plus, essaient de s'accaparer ses richesses. En tout cas, c'est ce que je crois deviner.

— Un des deux clans a dû arriver à ses fins, puisque M. Sidney est en train de refaire son testament, s'exclame Peggy qui a suivi le récit d'Alice avec passion.

— Ou sinon, il est tellement écœuré par ces manigances qu'il a décidé de laisser sa fortune à des œuvres de bienfaisance !

— Ça serait bien fait pour tous ces gens qui ne pensent qu'à son argent, réplique Peggy. Mais je me demande...

Les traits de la jeune fille se crispent douloureusement, elle se tait brusquement et reste ainsi, le regard absent, comme absorbée dans de pénibles pensées.

67

— Qu'est-ce qu'il y a ? questionne Alice d'un ton affectueux.

Et, se penchant vers elle, elle lui met la main sur l'épaule.

— Je ne sais plus où j'en suis, répond Peggy, au bord des larmes. Alice, j'aimerais tellement te ressembler : avec toi, tout semble clair, tandis que pour moi, les choses sont toujours si compliquées !

— Oui, enfin, plus ou moins ! répond Alice en riant. Dis-moi ce qui ne va pas : je pourrai peut-être t'aider.

— Tu sais que je suis orpheline, commence Peggy amèrement. Je ne sais rien de mes parents. Je n'étais qu'un bébé quand on m'a trouvée dans une église, et les Smith m'ont prise à l'orphelinat quand j'avais dix ans. J'ai travaillé dur pour eux. Quand je revenais de l'école, il y avait toujours des piles de plats et d'assiettes à laver qui m'attendaient. Ils ont fait beaucoup pour moi mais je commence à en avoir assez. M. Sidney est le seul à être gentil avec moi. Les Smith font semblant de s'intéresser à moi seulement quand il est dans les parages. Alors maintenant, c'est lui que je veux aider, pas mes parents adoptifs. Et pourtant...

— Qu'est-ce qu'il y a, Peggy ? Tu penses que les Smith ont quelque chose à se reprocher ?

— Comment est-ce que tu as deviné ? s'écrie la jeune fille, bouleversée. Tu as eu la même idée ?

— Oui, et j'ai de bonnes raisons de penser cela, répond Alice. Mais je n'ai encore aucune preuve.

En disant ces mots, le souvenir de la scène qu'elle a surprise dans le jardin lui revient à l'esprit. Et elle revoit Frank Smith enterrer ce mystérieux coffret... Mais elle décide qu'il vaut mieux ne rien lui révéler de plus pour l'instant.

Cependant, la jeune fille semble se sentir mieux grâce à l'amitié d'Alice. Elle se penche vers la jeune fille et, les yeux rougis par l'émotion, lui murmure :

— Je suis pratiquement sûre que mon père vole M. Sidney. Je le vois souvent rôder ici ou là avec des airs mystérieux. Et puis, tout à coup, il semble avoir de l'argent plein les poches, alors que l'auberge n'en gagne pas beaucoup. Bien sûr, je ne...

— Tout ça est très intéressant, coupe soudain Alice d'une voix claironnante. Chez nous aussi, nous sommes envahis par la vigne vierge. Comment faites-vous pour vous en débarrasser ?

Peggy reste la bouche ouverte, regardant son amie avec stupéfaction. Aurait-elle subitement perdu la tête ?

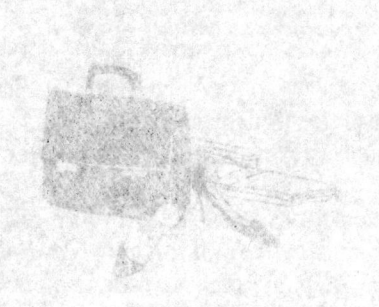

chapitre 9
Le coffret

— Bonjour, mademoiselle ! Vous êtes bien matinale, nous n'avons pas l'habitude de voir des clients si tôt.

Peggy frémit en reconnaissant la voix de Frank Smith, et elle comprend aussitôt pourquoi Alice a brutalement interrompu la conversation.

— Avez-vous été bien servie ? demande l'aubergiste en s'approchant de la table. Peggy, va chercher un verre d'eau pour mademoiselle.

— Non, merci, ce n'est pas la peine, dit Alice, souriante.

Et elle retient la jeune fille qui s'apprêtait à obéir.

— Je n'ai besoin de rien. En fait, j'avais juste envie de discuter pour passer le temps.

— Mais c'est une excellente idée, observe M. Smith,

L'homme se met à rire de sa propre réflexion qu'il trouve très spirituelle, et il lance un coup d'œil admiratif à Alice, élégante dans sa robe de soie bleue. Puis

71

il s'assied sur une chaise pour prendre part à la conversation.

— Vous habitez par ici ? demande-t-il. Ou est-ce que vous êtes de passage ? Je ne crois pas vous avoir déjà croisée, mais j'espère bien avoir l'occasion de vous revoir.

— Eh bien, moi, monsieur, je vous ai déjà vu et j'ai même entendu parler de vous, réplique Alice, d'un ton enjôleur.

À ces mots, l'aubergiste se redresse.

— Ah bon, et qui vous a parlé de moi ? questionne-t-il, avec un sourire niais.

— J'étais ici hier soir. Vous ne vous souvenez pas : c'est moi qui ai organisé la petite fête dans la chambre de la tour !

— Oh ! s'exclame M. Smith. Je ne vous... Mais, vous n'avez pas passé la nuit ici, si ?

— Non. Je suis revenue ce matin avec mon père que M. Sidney voulait consulter.

— Alors, vous êtes la fille du docteur Crosby ! Je savais bien qu'il en avait une de votre âge, mais je n'aurais jamais pensé qu'elle était aussi jolie. Parce qu'entre nous, le docteur est loin d'être beau !

— Je ne connais pas ce monsieur, dit Alice sèchement. Mon père s'appelle James Roy.

Frank Smith pâlit.

— James Roy ? répète-t-il avec effort. Il est là-haut ?

— Oui, depuis plus d'une heure, répond Alice tranquillement. L'affaire a l'air très importante...

— Oh ! non..., c'est-à-dire oui ! bredouille l'aubergiste, se levant précipitamment. Excusez-moi,

72

continue-t-il. Il faut que j'aille arracher la pelouse et tondre mes pommes de terre. Ou, euh non, c'est le contraire... Je suis tellement pressé que je mélange tout ! Mais en tout cas, je vous offre votre collation. Nous tenons beaucoup à faire plaisir à notre clientèle !

Sur ces mots, M. Smith se retire, de toute évidence très perturbé. Alice le suit d'un œil amusé, puis se tourne vers Peggy.

— Qu'est-ce qu'il lui arrive ? demande-t-elle. Il a les nerfs qui lâchent ?

— C'est la première fois que je le vois dans cet état, répond la jeune fille, encore ébahie. On dirait qu'il a peur de ton père.

— Ce qui confirmerait mes soupçons, observe alors Alice. Je crois qu'il vaut mieux tenir M. Smith à l'œil.

— Si seulement je pouvais découvrir qui sont mes vrais parents, soupire Peggy. Comme ça, j'aurais peut-être enfin le courage de quitter cette maison.

— Mon père pourrait peut-être t'aider. En faisant une enquête, on doit pouvoir retrouver où tu es née. Je vais lui demander de s'en occuper.

— Alice, tu ferais cela ? s'exclame Peggy.

Ses yeux se remplissent de larmes.

— Je crois que je ne pourrai jamais payer ton père en une seule fois, mais je te promets que je vais travailler, et je le rembourserai petit à petit...

— Ne dis pas de bêtises, dit Alice en riant. Papa n'acceptera pas un sou de toi.

— Tu sais, c'est très dur de ne pas savoir d'où on vient, reprend Peggy. Et puis, les Smith n'arrêtent pas de me répéter que je suis une moins que rien et que, sans eux, je serais à la rue.

— Ne t'inquiète pas, nous ferons tout pour découvrir ton identité, dit Alice avec douceur. Ah, ça y est, papa descend de la tour.

Elle se précipite dans le couloir pour attendre son père en bas de l'escalier.

— Tu es prêt à partir ? demande-t-elle en le voyant.

— Non, pas tout de suite, répond l'avocat. L'affaire dont M. Sidney m'a parlé est tellement compliquée que je me retrouve maintenant dans une situation un peu délicate. Et, après ce que je viens d'entendre, je ne peux pas quitter cette maison tant que mes documents n'auront pas été contresignés par un témoin habilité à témoigner de leur authenticité devant une cour. Alors, il va falloir que tu m'aides, car c'est très urgent. Il faut que tu ailles tout de suite dans la succursale de ma banque à Briseville et que tu demandes à voir M. Hill de ma part. Tu lui diras que j'ai besoin de lui pour authentifier un acte important, et tu le ramèneras avec toi. Je le connais bien et je suis sûr qu'il acceptera de me rendre ce service. Tu t'en occupes ?

— Pas de problème, répond la jeune fille, ravie à l'idée d'aider son père dans une affaire aussi compliquée.

Les événements deviennent de plus en plus mystérieux, et elle est au comble de l'enthousiasme.

Elle court vite avertir Peggy de son départ et, en lui expliquant la situation, elle s'aperçoit tout à coup que la porte battante qui mène à la cuisine remue légèrement.

— Je vais sortir par-là, ce doit être plus court, dit-elle.

Elle traverse le couloir en trombe et se précipite sur le panneau qu'elle pousse avec force. Mais quelque chose bloque la porte : il y a un choc et Alice entend une exclamation étouffée.

— Oh ! je suis désolée, je ne savais pas que vous étiez derrière la porte, s'écrie Alice en voyant apparaître Mme Smith, un peu sonnée.

— Mais non, pas du tout, répond celle-ci.

Elle fait brusquement demi-tour, s'engouffre dans la cuisine et disparaît en un clin d'œil par la porte ouvrant sur le jardin. Alice s'apprête à s'élancer sur ses talons quand elle entend son père la rappeler.

— Tu t'es sauvée avant que j'aie eu le temps de finir, dit-il en souriant. Je voulais te dire que Peter Banks et William Sidney doivent venir ici ce matin. Et il faut à tout prix que le testament soit contresigné avant leur arrivée. Il n'y a pas une minute à perdre.

Pendant qu'il parle, Peggy s'approche et regarde le célèbre avocat avec une crainte mêlée de respect. Elle espère sincèrement pouvoir un jour se sentir fière de son propre père, elle aussi. Mais elle ne peut s'empêcher d'avoir peur d'être déçue : comment un homme capable d'abandonner son enfant pourrait-il être quelqu'un de bien ?

En sortant de la maison, Alice voit l'aubergiste qui essaie de mettre en route le moteur de sa voiture. La jeune fille se dit qu'il a dû laisser la batterie se décharger parce qu'il n'y a pas de raison qu'une voiture à l'évidence neuve et coûteuse tombe en panne. Mme Smith est à côté de son mari et lui parle vivement en remuant les bras.

« Le temps presse, songe Alice. Mais je n'aurai peut-être plus jamais l'occasion d'aller jeter un coup d'œil à ce fameux coffret... »

Elle repère rapidement la cabane et se presse de déplacer les rondins entassés sur la cachette pour découvrir enfin l'objet que M. Smith y a déposé.

La boîte est lourde, mais la jeune fille redouble d'efforts et, l'instant d'après, elle tire le coffret hors du trou et lit l'inscription gravée sur le couvercle :

« Propriété personnelle d'Alfred Sidney. »

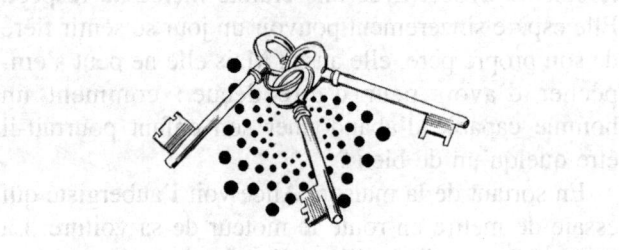

chapitre 10
Course contre la montre

Serrant contre elle le lourd coffret, Alice rejoint son cabriolet en courant. D'un bond, elle saute sur le siège et, sans perdre une seconde, met le contact. Le moteur est nerveux et Alice part à vive allure sur le petit chemin de l'auberge. Avec un soupir de soulagement, elle débouche enfin sur la grand-route, heureusement déserte.

Quelques instants plus tard, en jetant un œil dans le rétroviseur, elle sursaute. Immédiatement, elle appuie à fond sur l'accélérateur : la voiture de Frank Smith vient de surgir au détour du chemin des Trente-Six Chandelles et elle s'élance sur les traces du cabriolet.

« Est-ce qu'il sait où je vais ? » se demande Alice.

Malgré l'avance de la jeune fille, Smith commence à gagner du terrain. Le cabriolet est rapide mais la voiture de l'aubergiste est encore plus puissante et continue à accélérer.

« Pas de doute : il essaie de me rattraper, se dit

Alice. De deux choses l'une : ou bien il veut m'empêcher de ramener M. Hill, ou bien il m'a vue emporter le coffret ! »

Briseville est située à mi-chemin de River City et on doit quitter la grand-route par une voie transversale pour l'atteindre. Alice guette le carrefour avec impatience. Elle aperçoit enfin l'embranchement et décide de jouer le tout pour le tout. Elle ralentit juste assez pour laisser M. Smith se rapprocher un peu, puis, lorsque celui-ci n'est plus qu'à une trentaine de mètres, elle accélère brusquement. Dans le rétroviseur, elle a le temps de voir clairement l'aubergiste, cramponné à son volant, les mâchoires serrées.

Sûre d'elle, Alice atteint le croisement de Briseville sans ralentir, puis, elle freine brutalement, et, d'un coup de volant, s'engage sur la petite route avec une maîtrise étonnante. Lancé à toute allure, le cabriolet vire sur deux roues, et ses pneus crissent sur le gravier.

Un bruit de tôle et de ferraille retentit presque aussitôt et Alice lève un instant le pied de l'accélérateur pour regarder derrière elle.

Smith, aveuglé par sa rage, s'est laissé prendre au piège. Obsédé par l'idée de rejoindre Alice, il a été surpris par la brusque manœuvre de la jeune fille. Lancé à toute allure sur la route de River City, il a tenté de freiner, mais si brutalement que la voiture, dérapant sur le bas-côté, a quitté la chaussée pour franchir le talus et s'arrêter net dans une clôture de fil de fer barbelé.

Quelques instants plus tard, Alice roule tranquillement dans la rue principale de Briseville. Elle gare sa voiture devant la banque, puis se dirige vers l'immeuble, le coffret sous le bras. Elle entre dans le vaste hall, parfaitement fraîche, les cheveux bien lissés et la robe impeccable. Seuls ses yeux pétillants et son teint rose peuvent laisser soupçonner son émotion.

— Je voudrais parler à M. Hill, dit-elle à l'accueil.

— Vous avez rendez-vous ?

— Non, mais dites à M. Hill que je viens de la part de James Roy pour une affaire urgente ; je suis sûre qu'il me recevra.

L'homme a un sourire amusé devant l'assurance de cette jeune fille qui croit pouvoir atteindre le directeur de la banque avec un prétexte aussi enfantin. Mais quand il revient, cinq minutes plus tard, annoncer à Alice que M. Hill accepte de la recevoir immédiatement, il y a une nuance de respect dans sa voix.

Le directeur est à peu près du même âge que James Roy, mais ses gestes et sa parole sont moins vifs que ceux de l'avocat.

— Que puis-je faire pour vous, mademoiselle ? demande-t-il à Alice.

— Mon père voudrait que vous lui serviez de témoin pour contresigner un document très important qui risque d'être contesté tôt ou tard, répond Alice sans perdre de temps. Ma voiture est dehors et je peux vous emmener avec moi. Il faut faire vite.

— Alors, je vous suis, déclare le banquier sans hésiter.

Et, se levant d'un bond, il saisit au vol sa veste accrochée au portemanteau.

— Mais avant, je voudrais louer un coffre-fort pour y laisser ce coffret, dit Alice.

— Nous allons régler ça tout de suite, dit M. Hill, pressant un bouton.

— Est-ce que je pourrai avoir un reçu ? ajoute la jeune fille.

— Vous êtes aussi prudente qu'une femme d'affaires, dit le banquier en souriant.

Un homme entre et M. Hill lui remet la boîte en lui ordonnant de la déposer dans la chambre forte. Puis il se tourne vers Alice.

— Tenez, mademoiselle, préparez votre reçu, dit-il.

La jeune fille s'empresse de prendre le papier pour décrire le coffret en termes rapides et précis, puis elle fait signer le document à M. Hill.

— Et maintenant, s'écrie-t-il, en route !

Cinq minutes plus tard, le cabriolet reprend le chemin de l'auberge. À côté d'Alice, le banquier s'adosse fermement à son siège, le visage un peu crispé, les yeux rivés sur le compteur kilométrique.

Au moment où ils atteignent le croisement de la grand-route, une voiture surgit, roulant à toute vitesse en direction de Briseville. Au passage, la jeune fille reconnaît le bolide de Frank Smith. Un instant plus tard, elle jette un œil dans le rétroviseur et aperçoit l'aubergiste qui, arrêté au bord du chemin, gesticule et tend le poing en direction du cabriolet.

Quelques minutes plus tard, Alice s'arrête devant les Trente-Six Chandelles.

— J'ai l'impression d'avoir été enlevé ! dit M. Hill en plaisantant. (Il descend de voiture et regarde un moment la façade vieillotte de la maison :) Où est votre père ?

Au même instant, l'avocat s'avance sous la véranda pour accueillir M. Hill.

— Tu as fait vite, dit-il à Alice. Tout va bien, les visiteurs que nous attendions ne sont pas encore arrivés.

Le banquier suit James Roy à l'intérieur de l'auberge alors qu'Alice s'assied sur les marches du perron pour se remettre de ses émotions après une expédition aussi mouvementée. Mais elle reste sur ses gardes. Les pensées se bousculent dans son esprit. « Que pourra bien me dire M. Smith à leur prochaine rencontre ? Qu'y a-t-il dans le fameux coffret et pourquoi les affaires de famille d'Alfred Sidney sont-elles si complexes d'après mon père ? Est-ce que ça a un rapport avec la situation de Peggy ? se dit-elle. Si seulement M. Sidney pouvait décider de lui laisser quelque chose sur son testament ! Cette maison par exemple : Peggy deviendrait ainsi la propriétaire des Trente-Six Chandelles et les Smith ne seraient plus que ses employés ! »

Mais Alice est bientôt détournée de ses réflexions : une voiture vient de surgir sur le chemin menant à l'auberge.

« C'est M. Smith, se dit-elle. Alors, préparons-nous à la bagarre ! »

Alice a tort : l'automobile qui s'arrête devant l'auberge n'est pas celle de M. Smith, et celle qui la suit non plus. Mais lorsque Alice comprend qui sont les nouveaux venus, elle sent son cœur battre à tout rompre.

chapitre 11

Réunion de famille

William Sidney jaillit de la première voiture comme un diable d'une boîte et, sans regarder autour de lui, il se rue vers la maison, imité par Peter Banks qui le suit de près.

Alice ne perd pas une seconde. Elle se relève d'un bond, fait semblant de trébucher et se rattrape à la porte. Plantée ainsi au beau milieu du passage, elle empêche les deux cousins d'avancer.

— Poussez-vous et retenez ce crétin ! ordonne brutalement William Sidney.

— Laissez-moi passer ! Il faut que je voie M. Sidney tout de suite. C'est pour une affaire confidentielle, déclare M. Banks, le souffle court.

— M. Sidney est occupé pour l'instant, dit Alice. Il a des visiteurs et il a défendu qu'on le dérange... Est-ce que vous voulez vous asseoir ?

— Avec qui est-il ? s'écrie M. Banks.

— Je suis désolée mais je ne peux pas vous renseigner, dit Alice de sa voix la plus douce. Est-ce que voulez prendre un café pour patienter ?

83

— Tous les deux, ensemble ? s'exclame William Sidney d'un ton ironique. Il n'en est pas question, je n'ai rien à voir avec lui !

— Ne vous inquiétez pas, Sidney, je n'ai aucune envie de rester en votre compagnie, lance M. Banks.

— Taisez-vous, nous n'avons plus rien à nous dire.

— Je pourrais peut-être vous apporter du papier et un crayon, propose Alice, sans bouger d'un pouce. Puisque vous ne voulez pas vous parler, vous pourriez communiquer par lettre...

— De quoi vous mêlez-vous ? Et puis d'abord, qui êtes-vous ? hurle M. Banks, irrité.

— Vous ne vous souvenez pas ? Nous nous sommes rencontrés ici, hier soir. J'étais avec vos nièces Bess et Marion...

— Les pestes ! rugit M. Banks. Ah ! je vous assure que vous n'êtes pas prête de les revoir !

— Ça y est, je me rappelle, s'exclame à son tour William Sidney. Votre voiture était arrêtée en plein milieu du chemin ! On peut savoir ce que vous faites ici ?

— Je suis chauffeur, répond Alice. Ou plutôt chauffeuse, je ne sais plus ce qu'il faut dire. Qu'est-ce que vous en pensez, monsieur Banks ?

— Ça suffit maintenant ! coupe Sidney, avec rage.

Et il poursuit en frappant du pied :

— Vous essayez d'amuser la galerie avec vos questions stupides et vous m'empêchez de passer ! Mais ça ne va pas se passer comme ça, effrontée !

— C'est moi qui monterai le premier chez Alfred,

parce que je suis de sa famille, moi au moins, crie Sidney à tue-tête.

— J'ai autant le droit de le voir que vous, riposte M. Banks.

— D'abord, j'étais ici avant vous.

— Oui mais c'est moi qui suis arrivé le premier à la porte !

Et, se retournant vers Alice, Peter Banks la prend à témoin :

— Pas vrai, mademoiselle ?

— À votre place, je jouerais ça à pile ou face, répond-elle. Vous avez une pièce ?

Énervé par les propos d'Alice, William Sidney écarte brusquement la jeune fille et se précipite sur la porte. Avec un cri de rage, l'autre s'accroche à la veste de son cousin et, après une courte lutte, les deux hommes entrent ensemble dans l'auberge.

Mais là, un nouvel obstacle se dresse devant eux. Alice pouffe de rire en voyant Peggy au milieu de l'escalier, armée d'un seau et d'une serpillière, qui lave les marches à grande eau. Elle disparaît presque sous une épaisse couche de mousse de savon et un flot d'eau sale ruisselle abondamment le long de l'escalier.

— Poussez-vous de là, s'écrie M. Banks. Laissez-nous passer !

Peggy sursaute et, en se retournant, renverse l'un des seaux. Les deux hommes ont tout juste le temps de se jeter sur le côté pour éviter la cascade qui vient s'abattre au bas des marches.

— Vous m'avez fait une de ces peurs, s'exclame

Peggy. Attendez que je termine de rincer l'escalier. Avec tout ce savon, vous risquez de glisser !

Les deux visiteurs trépignent d'impatience, mais elle prend tout son temps pour descendre un seau dans le couloir, puis elle en remonte tranquillement un autre sur le palier du premier étage. Et elle commence à essuyer les marches, avec la plus grande précaution.

La jeune fille semble prendre un soin extrême à son travail. Impatients, les deux hommes la bousculent pour monter à l'étage.

Cependant, comme ni l'un ni l'autre ne veut monter en second, les deux cousins en viennent aux mains et perdent encore plus de temps. Bras dessus, bras dessous au pied de l'escalier, Alice et Peggy les regardent, incapables de maîtriser le fou rire qui s'est emparé d'elles devant ce spectacle ridicule. Finalement, c'est Peter Banks qui sort vainqueur de la bataille et il grimpe les marches quatre à quatre, suivi de près par William Sidney.

— Bravo Peggy, murmure Alice. Grâce à toi, papa et M. Hill auront pu gagner un temps précieux. Tu as eu une idée de génie !

À ces mots, Peggy rougit de plaisir : elle a si peu l'habitude de recevoir des compliments qu'elle ne sait que répondre. Mais déjà, Alice s'élance à son tour dans l'escalier de la tour. Elle rejoint les deux hommes au moment précis où ils font irruption dans la chambre du vieil Alfred.

— Au nom de la loi, je vous ordonne d'arrêter ! hurle Peter Banks, ouvrant la porte à toute volée.

— N'écoutez pas ce qu'il dit ! crie l'autre d'une voix stridente. Mais quoi que vous fassiez, arrêtez !

Alice voit Alfred Sidney s'adosser dans son fauteuil, placé à côté du grand chandelier illuminé, comme d'habitude, d'une bougie torsadée.

Debout devant une table voisine, James Roy regarde les deux arrivants avec calme, tandis que M. Hill, encore assis, un stylo à la main, vient apparemment de terminer son travail. Plusieurs feuillets manuscrits sont éparpillés autour de lui.

— Pouvez-vous me dire ce que vous faites ici ? demande froidement l'avocat à M. Banks.

Et, rassemblant les papiers, il les plie sans se presser, avant de poursuivre :

— Vous êtes policier ou magistrat ? Je vous écoute !

Abasourdi, l'homme reste cloué sur place sans savoir quoi répondre.

— Ni l'un ni l'autre, répond-il enfin. Mais dans une affaire comme celle-là, les gens de la famille ont tout de même des droits, non ?

— Une affaire comme celle-là ? Qu'est-ce que vous voulez dire, monsieur ? Je viens de rédiger le testament de M. Sidney, et M. Hill, ici présent, a ensuite authentifié le document. Il n'y a pas la moindre irrégularité dans tout ceci.

William Sidney fait alors un pas en avant.

— J'exige que vous me montriez ce papier, déclare-t-il. Je suis sûr que vous avez influencé mon oncle pour qu'il écrive ce que vous vouliez !

Ces mots irritent vivement Alice, car elle connaît

87

la parfaite honnêteté de son père. Elle s'avance vers William et le foudroie du regard :

— Vous n'avez pas le droit d'insulter mon père comme ça, s'écrie-t-elle. (Elle redresse fièrement la tête.) Mon père n'avait jamais vu M. Sidney avant ce matin, et jusqu'à hier soir il ne connaissait même pas son existence, continue-t-elle. Présentez-lui des excuses !

Les deux visiteurs reculent d'un pas devant cette attaque imprévue.

— Mais..., balbutie William. C'est insensé, le nombre de personnes qui viennent se mêler de cette affaire, alors que les intéressés n'ont même pas le droit de savoir ce qui se passe !

À ces mots, Alfred Sidney se met à rire dans sa barbe, et, quittant son fauteuil, il se décide à prendre part à la discussion.

— Ce qui m'étonne encore plus, déclare-t-il d'une voix profonde, c'est qu'après toutes ces années d'indifférence et d'oubli, vous vous intéressiez soudain à moi et à mes affaires. Mais je vous rassure, je n'ai pas besoin de votre aide, je me débrouille très bien tout seul !

— Ce n'est pas la question, oncle Alfred, répond William d'un ton conciliant. Et vous savez bien que vous seriez la première personne que je consulterais si j'avais le moindre problème à résoudre. Je voulais seulement vous mettre en garde car on peut avoir de mauvaises surprises en faisant trop confiance à des étrangers

— Et pas uniquement à des étrangers, mais aussi à certains parents sans scrupules, s'exclame vivement

M. Banks. oncle Alfred, n'oubliez pas que je suis le seul à m'être toujours soucié de vos intérêts.

— Il n'empêche que parfois, on est moins déçu par de simples étrangers que par sa propre famille, murmure Alice.

À cette remarque, Alfred Sidney éclate de rire et, posant la main sur l'épaule de la jeune fille, il se tourne vers James Roy :

— Maître, je crois, que vous devriez vous associer à votre fille, dit-il. Elle ferait une partenaire hors pair.

— Alice est déjà mon associée même si ça n'est pas officiel, répond l'avocat avec un sourire. Et elle ne ménage pas sa peine. À chaque fois que je l'ai consultée, elle m'a toujours donné d'excellents conseils.

— Elle me rappelle ma chère Jeanne, dit Alfred tristement. C'est pour ça que j'ai tant d'affection pour elle...

En entendant ces paroles, Peter Banks et William Sidney n'en reviennent pas.

— Oncle Alfred, il ne faut surtout pas vous laisser influencer à cause d'une simple ressemblance, dit William avec inquiétude.

— Mon neveu, quand j'aurai besoin de votre avis, je vous le demanderai, réplique le vieil homme d'un ton sec. Et je vivrai sans doute encore un siècle avant que cela n'arrive !

— Je voulais seulement vous aider, balbutie William.

— C'est vrai ? Vous voulez réellement me rendre

service ? demande M. Sidney, une lueur de malice dans les yeux.

— Mais bien sûr, répond William avec élan, ravi de saisir une bonne occasion de gagner les faveurs du vieil homme.

— Laissez-moi faire, oncle Alfred, je vous en prie ! s'écrie aussitôt M. Banks, se précipitant vers Alfred Sidney.

Alice ne peut s'empêcher de comparer les deux hommes à des gamins capricieux prêts à tout pour qu'on ne leur prenne pas leurs jouets.

— Vous pourrez très bien faire ça tous les deux, décide Alfred, en caressant gravement sa longue barbe.

— Dites-nous vite ce que nous devons faire ! clament les neveux en chœur.

— Aller voir ailleurs si j'y suis ! s'écrie brusquement le vieil homme d'une voix tonitruante, tellement inattendue qu'elle fait sursauter tout le monde. Débarrassez-moi le plancher et ne remettez plus jamais les pieds ici ! Je ne veux plus vous voir : vous ne pensez qu'à mon argent et vous m'écœurez, à tourner autour de moi comme deux vautours, en attendant ma mort ! Allez, ouste !

Peter et William pâlissent de honte et de rage à l'idée de s'être fait démasquer ainsi en présence de l'avocat, de son témoin et surtout de cette gamine qui leur a joué un tour si habile.

Alice sent la main d'Alfred Sidney trembler sur son épaule. Le vieil homme semble avoir du mal à respirer. Il chancelle et il doit s'agripper au bras de la jeune fille pour reprendre son équilibre.

Lentement, les vaincus reculent vers la porte, mais ils ne peuvent se résoudre à abandonner la partie sans avoir livré une dernière bataille.

— Enfin, mon oncle, calmez-vous, commence Peter d'une voix apaisante. Comprenez-moi : j'ai eu un mouvement d'impatience, mais il ne faut pas m'en vouloir.

D'un geste fatigué, Alfred fait signe à Alice d'ouvrir la porte. Elle saisit la poignée et tire vivement la porte vers elle. Alors on entend une exclamation confuse et Frank Smith apparaît, rouge de honte, accroupi sur le seuil, l'oreille à hauteur de la serrure !

— Oh ! par... pardon... J'avais per... perdu quel.. quelque chose ! bégaie-t-il.

chapitre 12
Accalmie

— Qu'est-ce que vous faites ici ? s'exclame Alice, tendant vers l'homme un doigt accusateur.

Frank Smith semble pétrifié. Incapable de se relever, il reste accroupi sur le seuil, comme une grosse grenouille. Il lève vers la jeune fille un regard piteux.

— J'a... j'avais laissé tomber quelque chose, bredouille-t-il. Alors, je cherchais...

— Et comme par hasard, c'est tombé juste à côté de la porte !

Le ton de la jeune fille est tellement impérieux que Frank Smith fait un bond en arrière.

— J'ai... j'ai perdu une pièce d'un dollar ce matin, répond-il. En balayant le palier.

— Vous êtes sûr de ne pas l'avoir égarée tout à l'heure sur la route, quand vous vous êtes retrouvé dans une clôture de fil de fer barbelé ? demande Alice, réprimant un sourire.

— Peut-être..., enfin... non, sûrement pas ! s'écrie Smith, dont la voix s'étrangle.

Et, voyant Alice qui recommence à le montrer du doigt, il recule encore.

— En fait, vous étiez en train d'écouter à la porte, déclare-t-elle fermement, tandis que les cinq hommes observent d'un œil amusé cette scène à la fois dramatique et cocasse.

— Moi ? Jamais de la vie ! proteste Smith d'un ton plaintif. Comme si j'étais capable d'une chose pareille...

— Pourquoi est-ce que vous m'avez poursuivie ce matin ? reprend la jeune fille, repartant brusquement à l'attaque.

— Mais je ne..., commence l'aubergiste, reculant encore sous le coup de l'accusation.

Sans s'en apercevoir il a atteint l'extrémité du palier et il oscille un instant au bord des marches avant de partir à la renverse. Avec un cri déchirant, il exécute une pirouette impressionnante et se retrouve à l'étage au-dessous avec, pour seule blessure, un sacré coup à l'amour-propre !

— Vous n'avez rien de cassé ? s'exclame Alice.

— Je vais porter plainte contre vous... vous m'avez poussé ! crie Smith, qui se frotte la tête et la jambe.

— Frank, dit Alfred Sidney, quand vous aurez fini de descendre l'escalier, est-ce que vous voudrez bien ouvrir la porte à ces deux messieurs ? Ils arrivent tout de suite !

Peter et William se regardent, l'air ahuri, mais comprenant enfin qu'il ne sert à rien de rester là, ils s'engagent dans l'escalier en silence.

En les voyant disparaître, Alfred Sidney pousse un profond soupir, et il s'appuie au mur, d'un air las.

De toute évidence, les émotions de la matinée l'ont épuisé.

Alice se précipite vers lui et l'aide à regagner son fauteuil où elle l'installe confortablement, avec un oreiller derrière la tête et un tabouret sous les pieds.

— Quelle affaire, James, dit alors M. Hill. C'est bien la première fois que j'assiste à une scène pareille pour la signature d'un testament. Merci de m'avoir invité au spectacle.

— Il suffit que ma fille s'intéresse à une affaire pour que les complications se présentent, dit l'avocat en riant. J'ai l'impression qu'elle attire les aventures !

Alice sourit.

— Dans ce cas, il vaudrait mieux m'enfermer à clef quelque part, dit-elle. Je ne voudrais pas qu'on m'accuse d'avoir provoqué ce qui s'est passé aujourd'hui !

— Bon, dit M. Hill, il faut que je retourne à la banque. Ne vous inquiétez pas, James, je n'oublierai rien de ce que nous avons dit aujourd'hui. Est-ce qu'il y a autre chose que je puisse faire pour vous ?

— Non, je vous remercie, répond James Roy. Vous voulez qu'Alice vous ramène à Briseville ?

— Ce n'est pas la peine. Je vais appeler mon chauffeur à la banque pour qu'il vienne me chercher. Je pense qu'il ne va pas tarder à être l'heure du déjeuner.

— En effet, je commence à avoir une faim de loup, dit l'avocat. Pas toi, Alice ?

— Je viens d'avaler un chocolat chaud et des biscuits. Je peux encore attendre.

— Très bien, je vais en profiter pour poser quelques questions à M. Smith, déclare James Roy.

Après le départ de M. Hill, l'avocat s'attarde un moment sur le seuil de la chambre pour échanger encore quelques mots avec Alfred Sidney. Mais on entend bientôt un pas léger dans l'escalier et Peggy apparaît, chargée d'un lourd plateau.

— J'ai préparé des sandwiches, dit-elle timidement. Et je vous apporte aussi du thé glacé à la menthe.

— Merveilleux ! s'écrie James Roy avec enthousiasme. Mais venez vous asseoir avec nous. J'aimerais faire plus ample connaissance avec vous.

— Peggy est adorable. Elle est mon seul réconfort, dit Alfred, soulevant sa tête de l'oreiller. Viens ici, ma chère enfant, et assieds-toi à côté de moi. Tu as l'air si fatiguée !

— Non, non, tout va bien, proteste la jeune fille, d'un ton résolu.

Puis, s'adressant à l'avocat :

— Monsieur, qu'est-ce que je vous sers ? demande-t-elle. Il y a plusieurs sortes de sandwiches...

— Tout ceci est joliment présenté, observe James Roy. Vous êtes une véritable artiste, Peggy.

Au centre du plateau se trouve un pichet bleu rempli de glaçons d'où jaillit une branche de menthe parfumée. Plusieurs verres l'entourent, ainsi qu'une petite pile d'assiettes et de serviettes, tandis que, sur des plats, des sandwiches sont entassés en pyramides. Il y a du pain blanc, du pain complet et du pain de seigle. Un peu partout sur le plateau, quelques capucines aux couleurs éclatantes donnent une note fraîche et gaie à l'ensemble.

— Avec le pain blanc, il y a du poulet, du concombre, de la mayonnaise, de la salade et des œufs durs, annonce Peggy. Sur le pain complet, j'ai mis de la gelée de pommes, des dattes et des noix hachées, et sur le pain noir, du jambon et du gruyère avec de la moutarde. Servez-vous.

La jeune fille n'a pas besoin de répéter l'invitation. M. Sidney, le premier, qui semble avoir oublié toutes ses émotions de la matinée, croque à pleines dents dans un sandwich, tandis que les autres convives font eux aussi honneur au repas.

Après avoir avalé son cinquième sandwich et bu son troisième verre de thé, James Roy annonce qu'il va aller dire un mot à M. Smith.

— Ne soyez pas trop dur avec lui, recommande Alfred Sidney. Ce n'est pas un mauvais homme, mais il est très curieux : il s'occupe toujours de ce qui ne le regarde pas. Et puis, avec le vacarme qu'il y avait ici tout à l'heure, il ne faut pas s'étonner qu'il soit monté voir ce qui se passait...

— Mais je n'ai pas l'intention de lui faire de reproches, répond l'avocat. J'ai juste quelques questions à lui poser.

— Oui, parce qu'après tout cet homme est le père adoptif de Peggy et je lui en suis reconnaissant, reprend Alfred.

Et, s'adressant à la jeune fille :

— Ce repas était délicieux. Les plats sont toujours meilleurs quand c'est toi qui les prépares.

— Vous vous moquez de moi, dit Peggy, rouge de plaisir en se levant pour débarrasser la table.

Pendant ce temps, l'avocat a quitté la pièce.

— Assieds-toi encore un instant, rien ne presse, dit le vieil homme. Je suis tellement heureux quand vous êtes là toutes les deux. Je suis sûr que vous avez plein de choses passionnantes à me raconter. Quelles sont les dernières nouveautés ?

— Il y a maintenant un avion qui fait tous les jours l'aller-retour entre New York et River City, annonce Alice au hasard, en se demandant ce qui pourrait bien distraire le vieil homme.

— Incroyable..., incroyable, dit Alfred d'une voix rêveuse. Quand je suis arrivé ici, il fallait un mois pour aller à New York, mais j'imagine qu'à présent, les avions ne mettent que trois ou quatre jours pour traverser le continent...

— Même pas : de New York à San Francisco, il n'y a que quelques heures de voyage, dit Alice.

— Je n'arrive pas à y croire, murmure le vieil homme.

Ses paupières se ferment et il s'endort aussitôt, épuisé par les événements de la matinée.

— M. Sidney a vraiment eu une vie incroyable ! reprend Alice, songeuse. Il a vu les chandelles remplacées par la lampe à pétrole, puis par les becs de gaz. Et aujourd'hui, on trouve l'électricité partout, même dans les fermes les plus isolées.

— Oui, dit Peggy, et il a vu aussi les avions et les trains remplacer les diligences. Et le téléphone, la radio, le chauffage central, les réfrigérateurs... C'est inouï le nombre de choses dont on ne pourrait pas se passer et qui ont été inventées de son temps !

— En revanche, je ne crois pas que les hommes aient beaucoup changé à ses yeux.

Alice marque un temps d'arrêt, puis elle reprend :

— Peggy, est-ce que tu as déjà parlé à M. Sidney de tes soupçons sur M. Smith ?

— Oh ! non, je n'ai aucune preuve, répond la jeune fille à voix basse. Et puis, je ne veux pas faire d'histoires : M. Sidney aurait trop de peine.

— C'est vrai, reconnaît Alice. Mais ces preuves ne sont peut-être pas si difficiles à trouver. Et puis tu ne penses pas qu'Alfred, et même ses héritiers, aimerait savoir que M. Smith lui ment et lui vole son argent ?

— Je ne sais plus quoi faire ! s'écrie Peggy, bouleversée. Je ne sais plus où j'en suis.

— Ne t'inquiète pas, dit Alice fermement. (Et, passant le bras autour des frêles épaules de son amie, elle conseille :) N'y pense plus. Je vais en parler à mon père.

— C'est un homme extraordinaire, dit Peggy.

Et elle soupire :

— Tu as bien de la chance d'avoir un père comme lui ! Moi, je ne sais même pas qui sont mes parents

— Allez, je t'ai promis de trouver la solution à ce problème, dit Alice en se levant. Pour l'instant, nous allons laisser M. Sidney se reposer. Et toi, n'aie pas peur, tout va s'arranger. Il suffit de trouver la clef de l'énigme et je t'assure que je vais tout faire pour y arriver.

chapitre 13

Nouvelles complications

Quand Alice sort sur le seuil de la maison, une scène saisissante s'offre à ses yeux. Sous la véranda, Frank Smith se tient adossé au mur, pâle et tremblant. Devant lui James Roy marche de long en large, comme Alice l'a vu faire souvent dans son bureau ou au tribunal, lorsqu'il interroge un témoin.

— Combien vous a rapporté la location des prés de M. Sidney ? lance brusquement l'avocat.

— À peine mille dollars, répond l'aubergiste d'une voix sourde.

— Avez-vous donné cette somme à M. Sidney ou bien lui avez-vous indiqué ce que vous en avez fait ?

— J'ai tout dépensé pour la maison.

— En réparation pour le bâtiment ou en matériel pour le restaurant ?

Smith s'éponge le front.

— Je... je ne sais plus très bien, bredouille-t-il. Euh..., mais en réparations, bien sûr !

— Je constate qu'aucune peinture n'a été refaite,

101

dit James Roy d'un ton sec. Le jardin est en mauvais état et le toit délabré. De quelles réparations voulez-vous parler ?

— Je croyais que ce n'était pas un interrogatoire, riposte l'aubergiste d'un ton haineux.

Il a le front baissé et le regard fuyant.

— Je ne veux plus répondre à vos questions. Mes affaires ne regardent que moi !

— Très bien, réplique James Roy, avec un calme surprenant. Je vous remercie pour votre aide.

Une expression rusée passe sur le visage de Smith. Et il reprend :

— Vous savez, monsieur, je travaille dur pour subvenir aux besoins de ma famille, et je fais attention à ce que M. Sidney ne manque de rien non plus. Mais je crois que vous avez raison de penser qu'il se passe quelque chose de louche ici. Remarquez, je ne cherche à accuser personne, mais, à votre place, je surveillerais les deux individus qui étaient là ce matin.

Alice s'est tenue un peu à distance pour ne pas interrompre la scène. Tapie contre le mur, elle espère ne pas attirer l'attention de Mme Smith qui traverse le couloir à pas de loup pour venir se poster à l'une des fenêtres de la salle à manger donnant sur la véranda, tout près de l'endroit où se trouve l'aubergiste. De sa place, Alice les voit très bien tous les deux.

Tandis que James Roy continue à faire les cent pas sous la véranda, Mme Smith, profitant d'un moment où il lui tourne le dos, se penche par l'ouverture et murmure quelques mots à son mari.

Le visage de l'homme s'éclaire et, sans quitter des

yeux James Roy, il sort avec précaution une enveloppe volumineuse qu'il tenait cachée sous sa veste. Il la fait passer rapidement à sa femme.

— Oui, monsieur, poursuit en même temps l'aubergiste. En plus je crois qu'ils se soupçonnent mutuellement d'avoir pris des objets dans la chambre de M. Sidney. Je me demande bien ce que ça peut être parce qu'à ma connaissance le vieux ne possède rien d'autre que cette maison.

Alice a quitté son poste d'observation pour s'approcher, rapide et silencieuse, de Mme Smith. Elle la voit prendre l'enveloppe des mains de son mari puis tourner les talons.

L'expression de triomphe qui se lisait sur son visage sournois s'efface comme par enchantement quand elle découvre Alice, debout devant elle.

— Qu'est-ce que vous me voulez, à rôder comme ça dans la maison sans faire de bruit ? s'écrie-t-elle avec violence.

— Mais rien du tout, répond Alice, l'air innocent. Je cherchais seulement une enveloppe. Tiens, je vois que vous l'avez trouvée...

— Non, s'écrie la femme, en se dépêchant de cacher le pli sous son tablier. L'enveloppe est à moi. Je l'ai reçue ce matin.

— Vous êtes sûre qu'il n'y a pas une erreur. Je pourrais voir l'adresse ?

— Certainement pas, réplique la femme.

Elle écarte Alice d'un geste, mais se trouve alors nez à nez avec James Roy qui, attiré par le ton des voix, vient d'entrer discrètement dans la pièce.

— Qu'est-ce qu'il se passe ? demande-t-il.

— Rien de grave, dit Mme Smith. C'est un malentendu.

— Papa, je viens de voir M. Smith passer une enveloppe à sa femme pendant que tu avais le dos tourné, dit Alice.

La déclaration de la jeune fille a l'effet d'une bombe sur Mme Smith. Elle perd brusquement ses moyens et laisse tomber l'enveloppe qu'Alice ramasse en un clin d'œil.

— Effectivement, c'est un malentendu, dit Alice. La lettre est adressée à M. Sidney...

La voix de la jeune fille se fait soudain tranchante :

— Vous allez encore oser me dire qu'elle était pour vous maintenant ?

— Non... mais en fait j'allais justement la monter chez M. Sidney, répond la femme.

Elle cligne nerveusement des yeux et passe la langue sur ses lèvres desséchées.

— Alors excusez-moi de vous avoir retenue, dit Alice avec un sourire. Ça m'a l'air d'une lettre importante, puisqu'elle est recommandée. Elle vient de la Compagnie du gaz et d'électricité du Middle West.

Sans un mot, Mme Smith se dirige vers l'escalier. Alice se retourne vers son père, avec un clin d'œil malicieux.

— Je crois que nous pouvons rentrer à River City maintenant, dit-elle.

— Bonne idée. Ma mission est terminée de toute façon, répond James Roy, en regardant sa fille avec admiration. Je ne sais pas si tu te rends compte que, grâce à toi, je viens d'obtenir un renseignement très important.

— Et pourtant, je ne l'ai pas fait exprès. J'ai juste eu la chance d'être dans les parages quand Smith a donné l'enveloppe à sa femme. Heureusement d'ailleurs, car je crois que M. Sidney n'aurait jamais reçu sa lettre sinon !

Alors que le cabriolet reprend le chemin de River City, James Roy apprend à sa fille que parmi les biens qu'Alfred Sidney a énumérés dans son testament, figurent plusieurs actions de la Compagnie du Middle West. Mais le vieil homme a déclaré que cela ne valait sans doute plus grand-chose, puisque cela fait quatre ans qu'il n'a rien reçu de leur part.

— Mais il se trouve que j'ai moi aussi quelques-unes de ces actions, poursuit l'avocat. C'est un placement sûr et rentable, et comme les dividendes sont toujours payés en temps et en heure, j'en ai déduit que quelqu'un devait subtiliser les chèques adressés à M. Sidney. Mais sans ta présence d'esprit, je ne sais pas comment j'aurais pu en avoir la preuve.

— Alors, tu soupçonnes les Smith de voler M. Sidney ?

— J'en suis persuadé, réplique James Roy d'un ton ferme. M. Sidney ne savait même pas que sa maison avait été transformée en auberge. C'est moi qui le lui ai appris. À l'origine, les Smith étaient à son service, l'un comme jardinier, l'autre comme bonne à tout faire. Et puis, avec les années, ils ont profité du fait que le vieil homme devenait de plus en plus solitaire pour le reléguer au dernier étage, dans la tour. Ensuite, Smith a loué une partie des terres à des voisins et a certainement empoché l'argent.

— Et ce n'est pas tout, dit alors Alice. Ce matin,

je l'ai vu enterrer un coffret dans le jardin. Avant de partir pour Briseville, je me suis dépêchée d'aller le récupérer et je l'ai emporté à Briseville. Il est maintenant dans les coffres de la banque. J'ai le reçu.

— Tu as été bien imprudente, s'exclame James Roy d'un ton sévère. Cette boîte pourrait très bien appartenir à M. Smith !

— Ça m'étonnerait, parce que le nom d'Alfred Sidney est gravé sur le couvercle. Et puis, je l'ai parfaitement reconnue : je l'avais vue hier soir dans la chambre de la tour !

— Il faudra emmener M. Sidney à la banque pour qu'il puisse identifier l'objet, déclare l'avocat. S'il confirme qu'on lui a bien volé le coffret, Smith se retrouvera en prison dans l'heure. Excuse-moi, Alice, je devrais pourtant savoir que l'on peut toujours te faire confiance !

Alice sourit joyeusement en entendant le compliment. Son père continue à lui raconter son entretien avec M. Sidney, expliquant que le vieil homme se doutait bien que quelqu'un essayait de le voler mais qu'il ne savait pas comment se défendre.

— De toute façon, l'argent n'a pas beaucoup d'importance pour Alfred Sidney, dit James Roy. Du moment qu'il a une chambre, ses repas et de quoi fabriquer des bougies torsadées, il se moque du reste du monde – à l'exception d'une seule personne.

— Tu veux parler de Peggy ? demande Alice, arrêtant le cabriolet devant la maison qu'elle habite à River City avec son père.

— Je suis désolé mais il y a des choses que je ne peux dire à personne, même pas à toi, dit James

Roy, en descendant de voiture. C'est un secret professionnel. Mais, rassure-toi, tu finiras par tout savoir, ou en tout cas tout ce que je sais. Après, je dois avouer que M. Sidney a pris des décisions qui m'ont un peu étonné. Tout cela reste un grand mystère.

— Quoi ! il y a encore une autre énigme ? s'écrie Alice. Oh ! papa, il faut que tu me mettes sur la voie ! Mais non, je n'ai pas le droit de te demander ça...

Elle réfléchit un instant puis reprend brusquement :

— Dis donc, à propos d'énigme, est-ce que tu crois que tu pourrais découvrir qui sont les parents de Peggy ?

James Roy jette à sa fille un regard interloqué. Elle poursuit :

— Tu sais qu'elle est orpheline. Elle m'a dit qu'on l'avait trouvée dans une église. Les Smith l'ont recueillie, mais je ne pense pas qu'ils l'aient adoptée légalement.

— Pas si vite, Alice ! dit l'avocat en riant. Chaque chose en son temps : il nous reste une heure et demie avant le dîner. Je vais aller consulter quelques anciens dossiers qui pourront m'aider à y voir plus clair dans cette affaire Sidney.

— Alors, je vais en profiter pour aller faire un tour en ville, déclare Alice.

Comme le temps est devenu orageux, la jeune fille se dépêche de changer de tenue Elle enfile une robe en lin très simple et met un foulard bleu autour du cou. Avec ses sandales blanches, sa robe seyante et ses cheveux dorés, elle a fière allure lorsqu'elle se réinstalle quelques instants plus tard au volant de son petit cabriolet.

Elle prend la route qui mène à la maison de son amie Bess Taylor. Mais en arrivant, elle reconnaît la voiture de M. Banks le long de l'allée.

Alice hésite un instant, ne sachant si elle doit sonner chez les Taylor ou bien se rendre directement chez la cousine de Bess, Marion. Une seconde plus tard, elle aperçoit cette dernière qui jette un coup d'œil par la fenêtre.

« Qu'est-ce qui se passe ici ? songe Alice. Marion a l'air préoccupée : je suis sûre qu'elle m'a vue et, pourtant, elle a tourné la tête... »

La jeune fille se décide à aller sonner. Bess vient lui ouvrir mais son sourire paraît un peu forcé.

— Bonjour, Alice, dit-elle.

Et, refermant avec précaution la porte derrière elle, elle s'avance vers son amie.

— Mon oncle Peter est à la maison, explique-t-elle. Il paraît que tu es retournée aux Trente-Six Chandelles ce matin ?

— C'est justement de ça que je venais te parler. Vite, appelle Marion : j'ai des choses passionnantes à vous raconter et il faudra absolument que vous reveniez à l'auberge avec moi un de ces jours.

— Oh ! tu sais, je n'en ai pas tellement envie, dit Bess, l'air détaché. Quant à Marion, je suis sûre que ça ne l'intéresse pas du tout.

Stupéfaite et déçue par une réponse aussi sèche, Alice se sent rougir.

— C'est vraiment dommage..., commence-t-elle avec embarras. (Et elle continue, la gorge serrée :) C'est papa qui va s'occuper des intérêts de M. Sidney et la situation est devenue assez extraordinaire. J'aurais bien aimé que vous m'aidiez à résoudre certaines énigmes.

— Alors maintenant, ton père se mêle de cette affaire, répond Bess d'un ton glacial. Très bien, mais tu m'excuses : je dois aller m'occuper du dîner. Au revoir.

Piquée au vif, Alice court à sa voiture et repart chez elle à toute vitesse.

« Qu'est-ce qui a bien pu arriver à Bess ? se demande-t-elle, bouleversée, les yeux pleins de larmes. Je n'ai pourtant rien à voir dans ces querelles entre les Banks et les Sidney ! »

chapitre 14

Une triste nouvelle

— Bonjour, Alice. Comment vas-tu en cette belle matinée ? demande James Roy, accueillant sa fille le lendemain matin avec encore plus de gaieté qu'à l'habitude.

Mais il découvre sur le visage de la jeune fille un air d'inquiétude.

— Très bien, papa, merci, répond-elle.

Elle s'assied puis s'efforce d'afficher son sourire le plus éclatant et de prendre un air insouciant tout en servant une tasse de café à son père.

— Tu as bien dormi ? reprend James Roy.

— Mais oui, répond-elle.

Et comme la vieille gouvernante entre dans la pièce, elle lui dit :

— Bonjour, Sarah. Je ne vais pas prendre de céréales ce matin, et pas d'œufs non plus. Donne-moi seulement du pain grillé.

— Tu as perdu l'appétit ? demande la femme, étonnée. Tu ne te sens pas bien ?

— Non, c'est juste que je n'ai pas très faim, sans doute à cause de la chaleur...

Sarah hoche la tête d'un air navré et quitte la pièce en marmonnant. James Roy regarde quelques instants sa fille d'un air intrigué, puis il achève de déjeuner en silence, tandis qu'Alice se contente de grignoter distraitement une tartine.

— Et maintenant, à nous deux, s'écrie l'avocat en se levant à la fin du repas.

Il s'approche d'Alice et la prend par l'épaule.

— Allez, dis-moi ce qui te tracasse.

— Mais ce n'est pas possible : on ne peut jamais rien te cacher, constate Alice avec un sourire mélancolique. Remarque, tu vas peut-être pouvoir m'aider. En fait, Bess et Marion sont fâchées contre moi et je pense que ça a un rapport avec l'affaire Sidney... En tout cas, Marion ne m'a même pas adressé la parole et Bess a été blessante.

Les lèvres d'Alice tremblent légèrement. James Roy regarde sa fille et fronce les sourcils.

— C'est bien dommage, dit-il, en entraînant Alice sous la véranda.

Il s'accoude à la balustrade et contemple un moment les grands arbres du jardin. Puis il reprend d'un air pensif :

— Certaines personnes ont parfois des réactions vraiment bizarres. Je n'arrive pas à comprendre pourquoi les parents de Bess et de Marion sont allés empoisonner l'esprit de leurs filles avec ces vieilles querelles de famille ! Tout cela remonte si loin, c'est ridicule. Malheureusement, ma pauvre Alice, je ne peux rien y faire. Laisse passer un peu de temps et les choses s'arrangeront, c'est tout ce que je peux te dire.

Alice pousse un profond soupir.

— Quand nous nous sommes réfugiées dans cette auberge, nous ne savions même pas que M. Sidney était de la famille de Bess et de Marion, dit-elle. Mais je parie que Peter Banks cherche à récupérer une partie de l'héritage de M. Sidney, et, de son côté, William essaie de l'en empêcher par tous les moyens. Je suis sûre que les deux familles se méfient de moi maintenant, sous prétexte que tu es l'avocat d'Alfred et c'est pour ça qu'on a interdit à Bess et à Marion de me voir. Qu'est-ce que tu en penses ?

James Roy hoche la tête.

— Je pense que tu as raison, répond-il. Et la situation ne s'améliorera pas tant que cette histoire ne sera pas réglée.

— Je n'aurais jamais cru que Bess et Marion puissent se comporter ainsi, dit Alice avec un nouveau soupir.

L'avocat jette un coup d'œil à sa fille et, voyant son air peiné, il décide de changer de sujet.

— Je me demande vraiment ce qu'Alfred Sidney va décider dans cette affaire, commence-t-il. C'est un véritable problème.

La curiosité d'Alice est aussitôt aiguisée.

— De quoi s'agit-il ? demande-t-elle.

— Il faut absolument que le pillage des biens de M. Sidney s'arrête.

— Qui soupçonnes-tu, à part les Smith ? Je ne pense pas que Peter Banks et William Sidney soient en cause : ils courent après l'héritage mais je ne pense pas qu'ils puissent voler les biens de leur oncle.

— Tu as raison, nous pouvons les écarter de la liste, déclare James Roy. La clef du mystère se trouve peut-être dans ce coffret que tu as déposé à la banque. Mais il nous faudrait un témoin pour prouver que Frank Smith l'a bien enterré dans le jardin. Cet aubergiste de malheur est bien capable de dire que c'est toi qui l'as volé : après tout, la boîte se trouvait dans la pièce où tu as passé toute la soirée.

— Personne ne croira jamais que j'aie pu voler cet objet seulement pour attirer des ennuis à M. Smith ! s'écrie Alice.

— Tu sais, il suffirait d'un avocat sans scrupules et d'un juge pas très attentif pour que ça passe, réplique James Roy. Alors il faut absolument que M. Sidney aille à la banque pour reconnaître le coffret et faire la liste de ce qu'il contient. Tout va dépendre de cela, j'en suis persuadé.

Tout occupée à ce nouveau problème, Alice ne pense plus du tout à sa dispute avec Bess et Marion.

— Nous devrions téléphoner à Alfred tout de suite, propose-t-elle. Et puis, il y a une chose à laquelle nous n'avons pas pensé : les empreintes digitales ! Le coffret doit être couvert de celles de Smith !

— Excellente idée, s'exclame James Roy. Et je vais... Attends, le téléphone sonne. Pourvu que ce ne soit pas le bureau qui m'appelle pour une affaire urgente ! Parce qu'il n'y a pas une minute à perdre pour... Bref, peu importe. Alice, dépêche-toi d'aller répondre !

La jeune fille obéit en riant sous cape. Elle sait

mieux que personne que les projets de son père sont bien souvent bouleversés au dernier moment par un appel imprévu. Aussi est-elle fermement décidée à annoncer à l'interlocuteur que son père est occupé toute la matinée.

Cependant, Sarah a déjà décroché l'appareil et Alice l'entend s'écrier :

— Je ne vous entends pas ! Qui est à l'appareil ?

— Laisse, Sarah, je vais prendre la communication, dit Alice.

Et, portant le combiné à son oreille :

— Allô, ici Alice Roy, dit-elle posément.

— Oh ! Alice c'est toi ! s'exclame une voix lointaine qui se perd en une sorte de sanglot.

— Allô, qui êtes-vous ? Qu'est-ce qui se passe ? demande la jeune fille vivement.

— Il est arrivé une chose... une chose...

— Marion, Bess, c'est vous ? s'écrie Alice, affolée.

— C'est Peggy. Oh ! je t'en supplie, viens vite. C'est terrible, ter...

On entend un bref déclic, puis c'est le silence. Peggy a raccroché, laissant Alice partagée entre la stupeur et l'angoisse. Elle court répéter à son père ce qu'elle a entendu. Celui-ci prend un visage grave.

— Il faut partir tout de suite, déclare-t-il. Va sortir ta voiture, je suis prêt.

Quelques instants plus tard, la jeune fille et son père s'élancent sur la route, désormais familière, qui mène aux Trente-Six Chandelles. La voiture file à toute vitesse. Ses occupants gardent le silence, préoccupés par le mystérieux appel de Peggy.

Qu'est-ce qui a bien pu se passer ? Une foule de réponses se bousculent dans l'esprit d'Alice. Mme Smith aurait-elle trahi sa parole et informé son mari de la conversation surprise entre Alice et sa fille adoptive ? Qui sait, peut-être l'aubergiste a-t-il chassé Peggy ? À moins que Peter et William ne se soient de nouveau rencontrés chez Alfred Sidney pour se livrer cette fois à un règlement de comptes...

Enfin, on aperçoit le toit de l'auberge à travers les arbres et Alice s'engage dans l'allée.

En arrivant devant le perron, elle pousse un cri et freine brutalement. Une longue voiture noire est garée devant la véranda, rideaux baissés. C'est un corbillard. Quelqu'un vient de mourir dans la maison...

Sans attendre son père, Alice se précipite dans le couloir. Mais elle s'arrête net en apercevant Peggy assise sur la dernière marche de l'escalier, la tête sur les genoux. Elle sanglote.

— Peggy ! s'écrie Alice.

Elle s'élance vers elle et la prend dans ses bras.

— Qu'est-ce qui s'est passé ?

— C'est... c'est M. Sidney, balbutie la jeune fille à travers ses larmes. Ça a dû arriver pendant la nuit. Je l'ai trouvé ce matin, en lui apportant son petit déjeuner. Il avait l'air de dormir...

— M. Sidney est mort, annonce tristement Alice à son père qui entre à son tour.

— C'est un malheur, dit James Roy, hochant la tête. Il était très vieux et sa vie n'avait pas toujours été heureuse mais s'il avait vécu ne serait-ce que quelques jours de plus, ça aurait peut-être pu éviter bien des ennuis !

— Qu'est-ce que tu veux dire ? demande Alice.

— Les membres de sa famille vont vouloir régler leurs comptes et ça risque d'être terrible. Ils vont se disputer jusqu'à la moindre pièce de monnaie du vieil homme. Et je ne parle pas des Smith qui vont chercher à grappiller tout ce qu'ils pourront.

Au même moment, Frank Smith apparaît, l'air lugubre.

— M. Sidney est parti rejoindre ses ancêtres, dit-il d'une voix sinistre. Paix à son âme...

— Puisque je suis son exécuteur testamentaire, je vais rester ici et m'occuper de tout, intervient l'avocat d'un ton sec.

— Personne ne vous a demandé de vous mêler de tout ça ! riposte l'aubergiste, abandonnant soudain sa mine affligée. Nous n'avons pas besoin de vous : nous avons pris toutes les dispositions pour les obsèques et c'est même nous qui les paierons de notre poche.

L'homme déborde d'assurance. Il a même l'air beaucoup plus sûr de lui depuis la mort du vieil homme.

James Roy fixe sur lui un regard pénétrant, mais ne répond rien. Il est plus décidé que jamais à tenir parole et à surveiller de près tout ce qui touche à la succession d'Alfred. Les Banks et les Sidney ne vont pas tarder à engager une lutte ouverte. Il ne reste plus que lui, James Roy, pour les départager devant les tribunaux.

« Cependant, se dit l'avocat, si je devais choisir un collaborateur parmi tous les policiers de l'Etat, je n'échangerais pas Alice contre le plus habile d'entre eux ! »

chapitre 15
Le testament

Alice Roy n'oubliera jamais la journée mouvementée qui suit la mort d'Alfred Sidney. Ce n'est pourtant pas sa première aventure.

Les obsèques doivent avoir lieu à River City, mais, en attendant le jour de l'enterrement, les membres de la famille se présentent à l'auberge. Peter Banks arrive le premier, accompagné de ses deux nièces, la mère de Bess et celle de Marion. Puis c'est au tour de William Sidney, escorté de son avocat.

James Roy s'est posté en sentinelle à l'entrée de la chambre du vieil homme et il ne laisse personne y entrer, tant que l'huissier n'est pas arrivé pour poser les scellés sur la porte.

Le chagrin de la pauvre Peggy fait peine à voir. Elle vient de perdre la personne qu'elle aimait le plus au monde. Que va-t-elle devenir maintenant, sans affection et sans réconfort ?

Alice fait de son mieux pour la consoler, en lui assurant que James Roy va tout faire pour découvrir qui sont ses parents. Elle lui promet de venir la voir souvent à l'auberge et l'invite même à River City.

Pendant ce temps, la famille du vieil homme assaille James Roy, réclamant le droit d'entrer dans la chambre.

— Juste pour avoir un petit souvenir, expliquent-ils.

Peter Banks et William Sidney restent à l'écart. Ils voudraient parler avec l'avocat sans témoins, pour obtenir des renseignements sur le testament laissé par leur oncle. Mais James Roy reste imperturbable.

— Je n'ai rien à vous dire, répond-il. C'est un secret professionnel. En revanche, il faut que je parle à M. et Mme Smith.

— C'est à vous de garder les lieux maintenant, leur dit-il. Si quelqu'un brise les scellés, vous serez tenus pour responsables et arrêtés. Les fenêtres aussi sont condamnées : personne ne doit entrer par là. C'est bien clair ?

Terrifiés, les aubergistes s'empressent d'accepter tout ce qu'on leur demande.

James Roy réunit les héritiers pour régler les derniers détails des obsèques. Mais personne ne semble se soucier de ce que le corps du vieil homme va devenir. La seule chose qui les intéresse vraiment, c'est le fait qu'Alfred Sidney ait prévu une certaine somme d'argent liquide pour couvrir les frais d'enterrement.

— Je vous donne rendez-vous ici dans trois jours pour la lecture du testament, dit enfin James Roy. Il faut d'abord que je le fasse enregistrer au greffe du tribunal. Disons vendredi, à quatorze heures. Cela vous convient ?

— Si on ne peut pas le faire plus tôt, bougonne Peter Banks.

Alice songe un instant à inviter Peggy chez elle, à River City pendant ces trois jours mais elle change d'avis, en se disant qu'il vaut mieux que la jeune fille reste sur place pour surveiller la maison.

— Reste sur tes gardes, Peggy, recommande-t-elle.

— J'espère tout de même que M. Sidney a laissé cette maison aux Smith, dit-elle. Je voudrais tellement rester ici, et puis tu pourrais venir me voir souvent...

— Je ne sais pas ce qu'il y a dans le testament, mais je suis certaine que M. Sidney ne t'aura pas oubliée. Il t'aimait trop pour ça.

Quand James Roy et Alice reprennent un peu plus tard le chemin de River City, la jeune fille s'indigne de l'attitude des héritiers d'Alfred Sidney.

— La plupart d'entre eux sont des gens très bien, dit-elle tristement. Mme Webb et Mme Taylor ont toujours été très gentilles avec moi. Mais aujourd'hui, j'ai du mal à les reconnaître...

— C'est sûr, l'appât du gain fait changer les gens. Mais tu verras, dès que cette affaire sera terminée, tout le monde redeviendra comme avant et il n'y paraîtra plus.

Le lendemain et le surlendemain, Alice retourne à l'auberge, pour voir Peggy et pour vérifier l'état des scellés. Le second jour, elle trouve Peter Banks dans le jardin, en grande conversation avec un inconnu.

— On pourrait diviser le tout en soixante lots, dit-il. J'en vendrais une moitié et, avec l'argent, je bâtirais des petits pavillons avec jardins. Quant à la vieille maison, je pense la faire démolir pour installer une station-service.

Mais, apercevant Alice, il se tait brusquement et entraîne son compagnon un peu plus loin.

« C'est ce qu'on appelle vendre la peau de l'ours avant de l'avoir tué, songe la jeune fille amusée par l'incident. M. Banks semble vraiment certain d'hériter ! »

Enfin, le jour de l'ouverture du testament arrive. Tout le monde se réunit dans l'une des grandes salles du rez-de-chaussée. Bess et Marion sont là elles aussi. Elles saluent timidement Alice de loin.

À la demande de son père, Alice court chercher les Smith puis Peggy. En entrant chez la jeune fille, elle fait un pas en arrière en découvrant la pauvreté de l'endroit où vit l'orpheline. Habituée à sa chambre meublée avec goût, si pimpante avec ses murs clairs, ses rideaux colorés, ses fauteuils et ses bibelots, Alice ne s'attendait pas à ce spectacle.

La pièce est un réduit minuscule situé tout au fond d'un couloir. Il n'y a qu'une toute petite fenêtre, et la peinture verte qui couvre les murs est sale et abîmée. Quant au mobilier, il se compose seulement d'une chaise, d'un lit de fer au vernis écaillé et d'une armoire branlante. Peggy a confectionné une paire de rideaux blancs à volants et accroché çà et là quelques couvertures colorées de magazines.

La jeune fille est couchée sur son lit, les yeux gonflés par les larmes, et elle commence par refuser tout net de se joindre aux personnes déjà rassemblées pour la lecture du testament.

— Il faut venir, Peggy, insiste Alice. Papa m'a dit que ta présence était indispensable, et cela veut certainement dire que M. Sidney t'a laissé quelque chose.

— La seule chose que je voudrais, c'est le vieux fauteuil dans lequel il aimait s'asseoir près de la fenêtre, répond-elle.

Après quelques efforts, Alice parvient à convaincre la jeune fille. Celle-ci se rince le visage et ajuste sa robe avant de descendre. En entrant dans la salle, elle s'assied sur la première chaise qu'elle trouve et ne bouge plus, n'osant regarder personne tandis que l'on chuchote autour d'elle. Alice reste debout derrière elle, la main posée sur son épaule.

Alors, James Roy commence en ces termes :

— Nous voici réunis pour prendre connaissance des dernières volontés d'Alfred Sidney, contenues dans son testament. Le document a été établi il y a une semaine, rédigé en entier de la main du testateur et en double exemplaire. L'original a été déposé au greffe du tribunal et la copie est en ce moment entre mes mains. Ces pièces ont été comparées et déclarées conformes.

» Le document a été contresigné par un témoin, M. Raymond Hill, directeur de la banque Morgan, à Briseville. Je juge nécessaire de vous donner ces précisions car certaines des dispositions de ce testament risquent de vous surprendre. J'ajouterai enfin que, bien que j'aie été désigné comme exécuteur testamentaire, je n'avais jamais rencontré M. Sidney ni même entendu parler de lui avant le jour où il m'a fait convoquer pour établir ce document.

Ces mots provoquent un remous dans l'assistance et quelques voix s'élèvent puis se taisent soudainement lorsque l'avocat commence à décacheter une grande enveloppe et en tire plusieurs feuillets manuscrits.

— Monsieur Hill, voulez-vous examiner ce document, s'il vous plaît ? demande James Roy.

Le banquier, que personne n'avait remarqué jusque-là, quitte sa place pour vérifier les papiers.

— C'est bien ma signature, dit-il. Mes initiales figurent à chaque page. Ce document est bien celui que M. Sidney a rédigé...

— Arrêtez toutes ces fioritures et dépêchez-vous de lire ce qui nous intéresse, s'exclame William Sidney.

James Roy lui jette un regard glacial. Puis il commence sa lecture :

— Je, soussigné, Alfred Sidney, sain de corps et d'esprit, déclare que ceci est mon testament, écrit de ma propre main et en présence du témoin requis par la loi. Le partage de mes biens se fera après ma mort selon les dispositions suivantes...

Alice écoute la longue énumération que lit son père, sans en perdre un mot.

En tête de liste, vient la maison avec ses terres. Puis il y a la description très complète d'une autre propriété située à River City, ainsi que de plusieurs immeubles placés en plein centre de la ville, et qui représentent une valeur considérable.

— Les carnets de chèques ainsi que les relevés et les reçus de la banque se trouvent dans un coffret d'ébène cerclé de cuivre sur le couvercle duquel figure mon nom, gravé de ma main, poursuit James

Roy. Le coffret est dans ma chambre. Dans ma chambre également, se...

Alice sent le souffle lui manquer. Le coffret d'ébène ! C'est bien celui qu'a volé Smith ! La jeune fille jette un rapide coup d'œil dans la direction de l'aubergiste. Il regarde fixement par la fenêtre, du côté de la remise...

L'avocat énumère encore quelques valeurs mobilières puis de nombreuses pièces d'or rangées dans tel tiroir, tel coffret, ou tel placard.

Soudain, la voix de James Roy monte d'un ton et il poursuit :

— Je désire que chacun de mes parents, à savoir William Sidney, Peter Banks, Anna Taylor et sa fille Bess, Louise Webb et sa fille Marion, ainsi que la jeune fille connue sous le nom de Peggy Bell, choisisse, d'un commun accord et dans l'ordre indiqué ci-dessus, un objet unique, parmi ceux qui m'appartiennent...

— Oh, Alice, il ne m'a pas oubliée, murmure Peggy. Pourvu que personne n'ait envie de ce vieux fauteuil et que je puisse le garder en souvenir !

» ... À l'exception, continue l'avocat en détachant les mots, de mes moules à chandelle, de mes modèles, lampes, et appareils divers, ainsi que de toutes mes bougies qui devront d'abord être détruits sous la surveillance de James Roy, que je désigne comme mon exécuteur testamentaire, sans limites ni restrictions.

— À l'exception également du portrait de ma chère femme, dont la destination sera indiquée plus loin. Je désire que tout le reste de mes biens, meubles et immeubles, soit vendu aux enchères, dans les trente jours qui suivront ma mort, et que la somme ainsi réalisée soit partagée en neuf fractions égales.

À ces mots, chacun des auditeurs se redresse tandis que certains semblent vérifier le calcul du vieil homme et, du regard, dénombrent les assistants.

— L'une de ces parts sera divisée à son tour en sept fractions égales, poursuit James Roy solennellement.

Stupéfaits, les héritiers se penchent en avant, le cou tendu, les doigts cramponnés au bord de leur siège.

— L'une de celles-ci, à savoir un soixante-troisième de la totalité de mes biens, sera attribuée à Frank Smith et à son épouse, Clara, en reconnaissance de leurs bons et loyaux services.

» Chacune des six parts restantes, soit un soixante-troisième de la totalité de mes biens, sera distribuée à mes parents, à savoir William Sidney, Peter Banks, Anne et Bess Taylor, Louise et Marion Webb.

» La totalité de la somme restante, c'est-à-dire les huit neuvièmes du produit de la vente de mes biens, sera attribuée à la jeune fille connue sous le nom de Peggy Bell, qui héritera également du portrait de ma femme...

Une rumeur confuse s'élève parmi les héritiers déçus.

— Vite, un verre d'eau ! s'écrie soudain Alice. Peggy se sent mal !

chapitre 16
Alice fait une découverte

— Plutôt la laisser mourir de soif ! s'écrie William Sidney avec rage.

Et, se croisant les bras, il regarde d'un œil noir la pauvre Peggy, étendue sur le parquet, sans connaissance.

Devant l'impassibilité générale Alice court chercher un gobelet d'eau et s'empresse d'asperger le visage pâle de Peggy, puis elle fait glisser un peu d'eau entre ses dents.

La jeune fille remue légèrement ; enfin, elle ouvre les yeux et se redresse.

— J'ai dû avoir un malaise, murmure-t-elle. Oh ! Alice, tu es là ! Reste à côté de moi, je t'en prie...

— Nous allons attaquer ce testament en justice, crie M. Banks.

— Et comment ! renchérit M. Sidney. Aucun tribunal ne laissera passer ça. C'est un faux ! Nous n'aurons aucun mal à prouver qu'Alfred n'avait plus toute sa tête pour déshériter sa famille et tout donner à une enfant trouvée !

James Roy ne prête aucune attention à ces menaces, et discute avec M. Hill à voix basse. Mais Peggy baisse la tête sous l'insulte, tandis qu'Alice fusille les héritiers du regard.

Bess et Marion, qui semblent abasourdies, suivent leur mère et partent sans même jeter un coup d'œil à Alice. L'un après l'autre, les héritiers d'Alfred Sidney quittent l'auberge, furieux. M. et Mme Smith se retrouvent seuls dans la grande salle avec les jeunes filles. Alors, la femme s'approche.

— Peggy, ma chérie, s'écrie-t-elle avec effusion, c'est si merveilleux que je ne sais plus quoi dire ! Et toi qui es si pâle ! Tu veux boire un peu de thé glacé ?

— Non, je sais ce qui lui fera du bien, c'est une bonne tasse de bouillon de poule, renchérit M. Smith.

— Oh ! je n'ai besoin de rien, merci, murmure Peggy. Tout s'embrouille dans ma tête : je m'attendais tellement peu à tout ça...

— Mais non : ton père et moi nous étions sûrs que tu aurais ta part, proteste Mme Smith, mielleuse. Tu le mérites, Peggy, mais j'espère que tu n'oublieras pas tes pauvres parents qui ont travaillé dur pour que tu ne manques de rien, sans demander quoi que ce soit en retour.

— Je vous en suis reconnaissante, répond la jeune fille.

— Je crois qu'il faudrait laisser Peggy un peu tranquille, dit Alice aux Smith. Elle a besoin de se reposer.

— Mais bien sûr, approuve Frank Smith, d'un air jovial. Nous n'allons tout de même pas gâcher son bonheur, pas vrai, Clara ?

— Et puis, tout lui appartient maintenant, la maison comme le reste, ajoute Mme Smith. Notre chère petite fille est riche !

— J'ai l'impression que vous n'êtes pas près de l'oublier, observe Alice d'un ton sec. Viens, Peggy, tu seras mieux sous la véranda. L'air est étouffant ici.

Dès que les jeunes filles se retrouvent seules, Peggy prend son amie par le bras en le serrant de toutes ses forces.

— Oh, Alice, s'exclame-t-elle, je vais hériter d'une somme énorme, n'est-ce pas ? Mais je n'arrive pas à comprendre pourquoi M. Sidney a fait ça. Sa famille va s'imaginer que j'ai tout manigancé, et il y aura un procès.

Alice se dégage et caresse doucement l'épaule de Peggy

— Il ne faut pas t'inquiéter, dit-elle. Papa te défendra. Si M. Sidney t'a laissé ses biens, c'est parce qu'il t'aimait et qu'il en avait marre des chamailleries des membres de sa famille.

Peggy soupire et baisse la tête :

— C'était vraiment généreux de sa part mais il ne devait pas se douter des problèmes que ça allait me causer, reprend-elle.

À la grande contrariété d'Alice, Frank Smith survient, apportant deux verres de thé glacé et un bol de soupe pour Peggy. Puis il s'assied face à elles.

— Alors, qu'est-ce que tu comptes faire maintenant, ma fille ? demande-t-il. Tu vas certainement toucher une grosse somme. Mais tu vas rester ici en attendant que la propriété soit vendue, n'est-ce pas ? Ta mère est en train de te préparer une nouvelle chambre : tu t'installeras au premier, dans la grande pièce du devant.

— Je n'ai pris aucune décision pour l'instant, répond Peggy. Tout cela me paraît encore tellement incroyable... Je ferai ce que M. Roy me conseillera.

— Voyons, ma fille, objecte l'aubergiste, pourquoi veux-tu consulter des étrangers alors que tes parents t'aiment et sont là pour t'aider ?

Puis, sa voix se fait mielleuse :

— Ce n'est pas que je soupçonne M. Roy de vouloir te donner de mauvais conseils, bien sûr !

Là-dessus, James Roy et M. Hill sortent de la maison, et l'avocat fait signe à sa fille de le rejoindre.

— Est-ce que tu pourrais rester ici quelque temps ? lui demande-t-il. Je crois que Peggy va avoir besoin de toi, et puis tu pourras surveiller la maison comme ça.

— Mais il faut que je te ramène à River City d'abord, dit la jeune fille. Et si je dois passer la nuit ici, j'aimerais bien changer de robe et prendre une chemise de nuit.

— M. Hill va me ramener. Tu n'auras qu'à emprunter un pyjama à Peggy. Tu comprends, je ne fais pas confiance aux Smith et je ne voudrais pas la laisser seule avec eux, ne serait-ce que dix minutes.

Alice est ravie de sa mission. Après le départ de son père, elle revient vers la maison, mais Peggy n'y est plus. Elle part immédiatement à sa recherche.

Les Smith sont introuvables, eux aussi, et la jeune fille s'avance avec précaution, dans l'espoir de les surprendre en train de comploter quelque chose. Mais elle fait le tour du rez-de-chaussée sans trouver personne. Elle se dirige alors vers l'escalier.

« Ils sont peut-être dans la nouvelle chambre de Peggy », se dit-elle.

À cet instant, elle entend une voix qui filtre par une porte entrebâillée. Elle s'approche à pas de loup.

— ... mais si, tu sais bien, les vieux coffres, dit Mme Smith, avec insistance. Ils ne valent pas un sou mais j'aimerais vraiment les avoir.

— Mais, maman, puisqu'il y a des scellés, répond Peggy. Même si je le voulais, je ne pourrais pas te donner ces coffres, et puis, de toute façon, il faudrait que je demande d'abord l'autorisation à M. Roy.

— Peggy ! Tu aurais même peur de ton ombre ! Je veux juste garder quelques bricoles auxquelles je tiens. Et puis, tu en profiteras toi aussi : nous les mettrons dans notre nouvelle maison.

— Quelle maison ? demande Peggy.

— Tu sais bien que l'auberge doit être vendue. Il va falloir qu'on déménage. Et avec tout cet argent que tu vas toucher, tu voudras sûrement nous acheter une jolie petite maison confortable, et où nous serons chez nous. Mais ne t'inquiète pas, ton père t'aidera à faire une bonne affaire.

« Ça m'aurait étonné, se dit Alice. Les Smith commencent déjà à essayer de mettre le grappin sur l'héritage de Peggy ! Si on ne les arrête pas très vite, ils vont tout lui voler ! »

Elle entre d'un pas résolu.

— Ah ! Peggy, je te cherchais justement, dit-elle avec entrain. Cette chambre est très jolie ! Est-ce que je pourrai la partager avec toi ce soir ?

131

— C'est vrai ? Tu veux vraiment dormir ici ce soir ? s'exclame la jeune fille. Que je suis contente !

Mme Smith jette à la nouvelle venue un regard sombre et sort aussitôt. Alice prête l'oreille quelques instants afin de s'assurer que la femme s'est bien éloignée, puis elle se tourne vers Peggy et lui dit en riant :

— Papa m'a donné la permission de rester ici, alors je n'ai pas hésité !

Ensemble, les deux amies examinent la pièce dans laquelle Mme Smith a rassemblé les plus beaux meubles de la maison, des rideaux colorés et des draps neufs. Mais Alice, préoccupée par la mission que lui a confiée son père, ne prête qu'une attention distraite à la décoration.

Quand les jeunes filles descendent l'escalier, une demi-heure plus tard, l'œil expert d'Alice remarque tout de suite que deux lustres en cristal qui se trouvaient dans le grand couloir ont disparu. Ces pièces anciennes sont d'une valeur inestimable.

— Peggy, j'ai l'impression que certaines choses s'envolent comme par enchantement, observe-t-elle. Ouvre l'œil, et si tu vois quoi que ce soit, dis-le-moi. Il doit y avoir une fortune en mobilier et en bibelots ici, et certains sont faciles à voler. Je crois que je vais aller faire une petite inspection.

Partout, les rideaux ont été tirés et les stores baissés. À la porte, un écriteau annonce en caractères grossièrement tracés que l'auberge des Trente-Six Chandelles est fermée. La semi-obscurité qui règne à l'intérieur de la demeure déserte rend l'atmosphère étrange.

Alice explore le deuxième étage puis, sans hésiter, prend l'escalier de la tour et monte jusqu'à la chambre d'Alfred. Comme elle le redoutait, Frank Smith est là. À quatre pattes devant la porte, il examine de près le cachet des scellés à la lueur d'une bougie torsadée, qui jette des ombres inquiétantes sur les murs.

— Ah ! monsieur Smith, vous voilà, dit Alice avec bonne humeur.

L'homme, surpris, se retourne vivement, et sa bougie lui échappe.

— Vous avez encore perdu une pièce de monnaie ? continue la jeune fille. Si elle a roulé sous la porte, je crois qu'il vaudrait mieux attendre que le tribunal donne l'autorisation d'ouvrir.

— Vous dites n'importe quoi ! riposte Smith d'un ton rageur. Je voulais juste vérifier qu'aucun des vautours qui étaient là ce matin n'avait essayé d'entrer dans la chambre.

— Et vous êtes satisfait de votre examen ?

— Tout à fait, grommelle Smith.

Il ramasse sa bougie, et se précipite vers l'escalier, bousculant Alice au passage.

La jeune fille le suit jusqu'au rez-de-chaussée, et le voit pénétrer dans la cuisine. Elle entend bientôt les échos d'une conversation animée mais n'arrive pas à en saisir le moindre mot. Un instant plus tard, la porte de derrière claque et le silence s'installe de nouveau.

Alice rejoint alors Peggy et lui propose de faire une promenade autour de la maison. Les deux amies sortent dans la cour dévorée par les mauvaises herbes. Elles se désolent à cette vue mais une lueur qui clignote à l'intérieur du hangar au fond du jardin attire soudain l'attention d'Alice. Le plus naturellement possible, la jeune fille entraîne son amie vers le bois, sous prétexte d'aller cueillir des fleurs.

— D'ici, personne ne pourra nous voir, explique-t-elle ensuite. Nous allons surveiller ce hangar, il y a quelqu'un dedans.

— Ça ne peut être que Franck, dit Peggy distraitement.

À cet instant précis l'aubergiste apparaît à l'entrée du garage. Il observe les alentours avec précaution puis rentre dans la cabane pour en ressortir aussitôt, une boîte en carton sous chaque bras.

— Il faut découvrir où il va, murmure Alice. Regarde, il s'éloigne de la route. Qu'est-ce qu'il y a de ce côté ?

— Des prés et l'ancienne maison du bûcheron, répond Peggy à voix basse.

— Nous allons le suivre, décide Alice. Dis-moi, on peut atteindre cette cabane sans sortir du bois ?

— Oui, c'est un peu plus long, mais je connais bien le chemin, dit Peggy.

Silencieusement, les jeunes filles s'enfoncent parmi les arbres. Smith est loin maintenant, mais Alice est certaine d'avoir deviné le but de l'aubergiste et elle presse le pas. Au bout d'un quart d'heure de marche épuisante, Peggy s'arrête et, tendant le bras, montre une petite maison dans une clairière :

— C'est là, dit-elle. M. Smith vient de sortir de la cabane !

— On va attendre qu'il s'éloigne un peu puis on ira faire un tour à l'intérieur, décide Alice.

De l'extérieur, la cabane a l'air en piteux état : les murs se lézardent et le toit menace de s'écrouler. Dès que les jeunes filles entrent, une odeur de poussière et de moisissure les prend à la gorge. La lumière du soleil filtre péniblement à travers les vitres crasseuses, tendues de toiles d'araignées.

— Regarde, Peggy, les traces de pas montent à l'étage ! annonce Alice, en se baissant pour mieux examiner le sol.

Les deux amies gravissent prudemment l'escalier dont les marches grincent et fléchissent sous leur poids. Elles atteignent enfin le palier, le cœur battant.

Devant elles, une porte s'ouvre sur un vaste grenier. Un vieux lit sur lequel est posé un matelas éventré rouille sous la pente du toit. Accolée à la cheminée, une immense armoire, verte de moisissures, laisse pendre ses portes grandes ouvertes,.

Alice commence par inspecter l'intérieur du meuble.

— Eh bien, ce n'est pas une armoire, c'est une véritable maison ! s'écrie-t-elle.

Cependant, le grenier est vide. Alice se met alors à étudier minutieusement le plancher. Il est étonnamment propre, le vent et la pluie qui passent facilement à travers la toiture délabrée se sont apparemment chargés du ménage.

— Qu'est-ce qu'il fait sombre maintenant, murmura Peggy, d'une voix effrayée.

— Nous allons partir dans un instant, dit Alice. Dès que j'aurai... Là, ça y est !

Elle s'agenouille et, du bout des doigts, arrache sans difficulté l'un des clous du parquet.

— Il y avait de la poussière à cet endroit, explique-t-elle à son amie, médusée. Mais les fentes du plancher sont propres, ce qui prouve qu'on a semé de la poussière exprès pour faire croire que rien n'a été touché depuis longtemps. Mais, tu vois, les clous ne sont même pas enfoncés. Alors...

Elle soulève brusquement la planche. Peggy manque de crier lorsqu'elle aperçoit, par l'ouverture, quatre boîtes dont deux sont de toute évidence celles que M. Smith vient d'apporter. Alice se penche pour arracher le couvercle de la première. Mais au même instant, on entend grincer une des marches de l'escalier !

chapitre 17

Passe d'armes

— Ça doit être mon père. S'il nous trouve ici, il va nous tuer, murmure Peggy, terrifiée.

Elle s'accroche au bras de son amie, tremblant de tous ses membres.

— Reste calme, on va lui donner du fil à tordre, jure Alice, entre ses dents. Viens par ici, vite !

Elle pousse Peggy dans la vieille armoire, se jette à côté d'elle et essaie de refermer les portes tant bien que mal.

Dans l'escalier, on n'entend plus aucun bruit. Tout à coup, il y a un nouveau craquement, suivi d'un silence prolongé. Quelqu'un monte les marches, une à une, avec précaution. Peggy tremble comme une feuille et se cramponne à Alice. Enfin, un homme apparaît au seuil du grenier.

— Ce n'est pas Smith, souffle Alice qui garde l'œil rivé à la fente des portes.

— Oh ! je préfère ne pas regarder, murmure Peggy. J'ai trop peur et puis je crois que j'ai une araignée dans le cou.

— Chut ! Et surtout, ne bouge pas.

L'homme se décide à entrer dans le grenier. En apercevant la lame de parquet déplacée par Alice, il tressaille et se penche vivement pour regarder par l'ouverture. On l'entend soulever le couvercle des boîtes, puis il se redresse et regarde attentivement autour de lui. Comme il se tourne vers l'armoire, son visage est éclairé un instant par la vague lumière qui vient encore de la fenêtre. Alice se retient tout juste de pousser un cri de surprise et d'effroi.

Elle vient de reconnaître M. Hill, le banquier de Briseville !

Qu'est-ce qu'il fait là ? A-t-il trahi la confiance de son ami James Roy ? L'appât de l'argent a-t-il eu raison de son honnêteté, à lui aussi ? Alice ne sait que penser...

M. Hill s'est mis à explorer méthodiquement le grenier et Alice comprend qu'il ne va pas tarder à découvrir leur cachette.

Soudain, le parquet grince sous ses pas et l'homme sursaute. Alice le voit se baisser encore, arracher quelques clous et soulever une lame. Il plonge ensuite le bras par l'ouverture et ramène un petit coffret métallique dont le couvercle s'ouvre avec un déclic. M. Hill en sort une liasse de papiers qu'Alice n'a aucune peine à identifier : ce sont des obligations. Le banquier les feuillette rapidement avant de les glisser dans sa poche, puis il remet la boîte en place, et rabat la lame de parquet.

Alice se sent de plus en plus mal. L'immobilité lui donne des crampes et elle ne sent plus ses pieds engourdis.

« En plus, il y a au moins une douzaine d'araignées qui se promènent sur mon dos », se dit-elle.

M. Hill fouille du regard tous les recoins de la mansarde et, soudain, ses yeux se fixent sur la vieille armoire. Il se dirige lentement vers elle, s'arrêtant à chaque pas pour vérifier que les lames sont suffisamment solides sous ses pas.

Alice hésite, se demandant s'il vaut mieux tenter une sortie ou bien rester cachée en espérant que M. Hill n'ouvrira pas l'armoire. Mais soudain, un spectacle plus sinistre encore lui glace le sang.

Frank Smith vient de surgir sur le palier. Il a gravi l'escalier à pas de loup. Ses yeux luisent de haine mais on le sent indécis, ne sachant s'il doit s'approcher de M. Hill ou s'enfuir à toutes jambes.

À cet instant, M. Hill tourne par hasard les yeux vers la porte et découvre la silhouette de Smith.

— Ah ! vous voilà, dit-il d'un ton sarcastique. Qu'est-ce que vous apportez encore ici ? Allez, montrez-moi ce qu'il y a là-dedans !

Smith s'avance. Il tient dans ses bras un coffre carré, soigneusement emballé dans de vieux journaux.

— Autant que je sache, vous n'avez rien à faire dans cette maison, riposte-t-il avec rage, mais si vous voulez savoir ce que j'apporte, regardez vous-même !

Sous les yeux horrifiés d'Alice, Smith lance son paquet de toutes ses forces en direction de M. Hill. Celui-ci se baisse brusquement pour esquiver le choc, mais le coin de la lourde caisse l'atteint à l'épaule et il ne garde son équilibre que de justesse.

Smith ne laisse pas échapper cette occasion. Il se précipite sur le banquier et le crible de coups de poing. M. Hill lève les bras pour se protéger, mais l'aubergiste le pousse brutalement et bondit sur lui en un clin d'œil. D'une main il se met à lui serrer la gorge, tandis que, de l'autre, il le frappe au visage.

— Quel lâche ! s'exclame Alice, et elle se rue hors de sa cachette.

Elle trébuche mais réussit à se rattraper et, attaquant Smith par-derrière, elle l'empoigne par le col de sa chemise et se met à tirer de toutes ses forces.

— Quoi, mais qu'est-ce que... ? s'écrie l'aubergiste en suffoquant.

Il réussit enfin à tourner la tête et reconnaît son adversaire.

Alors, il lance d'une voix haineuse :

— Lâche-moi, sale gosse, ou tu vas voir ce qui va t'arriver !

En guise de réponse, la jeune fille serre encore plus fort. Alors, comprenant qu'il a un allié inattendu, M. Hill redouble d'efforts pour se dégager puis décoche à Smith un coup de poing violent au creux de l'estomac.

L'aubergiste s'affale de tout son long, le souffle coupé. M. Hill se relève. Ses vêtements sont en désordre, froissés et couverts de poussière, et son visage enfle à vue d'œil.

— Alice ! Et Peggy aussi ! Mais d'où est-ce que vous sortez ? s'écrie-t-il, haletant.

— Nous étions ici avant vous, explique Alice. Et quand nous vous avons entendu arriver, nous nous sommes cachées dans la vieille armoire.

— Si j'avais su ! marmonne M. Hill. Mais alors, c'est vous qui avez soulevé une lame de parquet ?

— Oui mais nous n'avons pas eu le temps de regarder ce qu'il y avait dans les boîtes, vous êtes arrivés trop tôt.

M. Hill hoche la tête et un sourire un peu grimaçant passe sur ses traits tuméfiés.

— Ma chère Alice, dit-il, je vous dois des excuses : j'ai eu peur que vous ne soyez pas assez forte pour monter la garde ici toute seule. C'est pour ça que je suis revenu à l'auberge. J'avais décidé de passer la nuit dans les parages à faire le guet. Et puis, comme j'avais vu Smith rôder de ce côté, je suis venu reconnaître les lieux. C'est là que j'ai découvert cette cabane... vous savez le reste !

À ce moment Smith se relève péniblement, en se tenant l'estomac à deux mains.

— Peggy, tu veux que j'aille prévenir les policiers pour qu'ils viennent arrêter cet homme ? demande-t-il d'une voix sourde.

— M'arrêter, moi ? s'écrie M. Hill.

— Arrêter M. Hill ? répètent Alice et Peggy, en chœur. Mais pourquoi ?

— Mais parce qu'il a essayé de voler des objets appartenant à M. Sidney, tiens ! réplique Smith. À votre avis, pourquoi est-ce qu'il rôdait par ici, dans cette maison où M. Sidney cachait tous ses trésors, hein ?

— Vous ne manquez pas de culot ! s'exclame le banquier.

Et perdant brusquement patience, il lance d'une voix tonitruante :

— C'est vous le voleur : je vois clair dans votre jeu !

M. Smith se met à ricaner. Et il riposte :

— Ah bon ? Eh bien, moi, je vous ai vu prendre des valeurs qui étaient sous le plancher. Elles sont dans votre poche. Qu'est-ce que vous avez à répondre à ça ?

— Je n'ai rien à cacher : les voici, déclare le banquier, en exhibant la liasse, mais je ne les ai pas volées. Le voleur, c'est celui qui les a apportées ici !

— Vous irez raconter ça au juge, lance Smith, d'une voix triomphante.

— Excusez-moi, est-ce que je peux jeter un coup d'œil sur ces titres ? demande Alice.

Elle feuillette la liasse : il y a douze actions de la Compagnie du gaz et d'électricité du Middle West, de mille dollars chacune.

— Ce sont les valeurs que M. Sidney a reçues la veille de sa mort, déclare-t-elle. Il n'a donc pas pu les apporter ici. Mais par contre, elles se trouvaient dans l'enveloppe que vous avez passée à votre femme par la fenêtre de la véranda, monsieur Smith !

L'aubergiste regarde Alice, l'air hébété, comme s'il venait de prendre une gifle en plein visage.

— Prouvez-le ! bredouille-t-il.

— Vous n'avez qu'à prouver le contraire ! s'écrie-t-elle, tapant du pied.

L'aubergiste secoue la tête avec une mine navrée.

— Viens, Peggy, dit-il. Ces deux escrocs se croient malins, mais nous avons la preuve qu'ils ne cherchent qu'à te voler ton héritage. Rentrons chez nous et j'irai tout de suite à River City pour prévenir la police. Et puis nous allons te trouver un autre avocat. Je n'ai aucune confiance dans le père de cette insolente.

— Non, je ne veux plus vous voir, plus jamais, crie Peggy, en se jetant au cou d'Alice. Allez-vous-en !

— Je te jure que tu vas regretter ce que tu viens de dire, ma belle, dit Smith, avec un rire forcé. Quand tes nouveaux amis t'auront volé jusqu'à ton dernier centime, tu reviendras nous supplier d'avoir pitié de toi.

Alice regarde Smith droit dans les yeux.

— Est-ce que ça vous rappelle quelque chose si je vous parle d'un petit coffret d'ébène cerclé de cuivre caché sous un tas de bois ? dit-elle lentement. Je pense qu'on pourrait découvrir des choses très intéressantes à l'intérieur, tellement intéressantes même que Peggy risque d'être obligée de venir vous rendre visite en prison la prochaine fois !

Smith ouvre la bouche mais préfère se taire. Il tourne les talons et redescend l'escalier.

chapitre 18
Alice mène l'enquête

— Vite, suivons-le, s'écrie Alice, en se baissant pour ramasser le coffret abandonné par M. Smith.

— Qu'est-ce que vous comptez faire, appeler la police ? demande le banquier.

— Non, je vais téléphoner à mon père et lui raconter ce qui s'est passé. Mais il faut faire vite : j'ai peur que Smith coupe les fils du téléphone ou qu'il sabote ma voiture.

Tous trois s'élancent sur les traces de l'aubergiste qui regagne les Trente-Six Chandelles en coupant à travers champs.

— Bon, je vais appeler papa, dit Alice en arrivant à l'auberge.

Et elle poursuit, s'adressant au banquier :

— Surveillez les Smith pendant ce temps !

— À vos ordres, mademoiselle, dit M. Hill, amusé.

Et il claque les talons en faisant semblant de saluer. Puis il suit Frank Smith jusque dans la cuisine et l'on entend bientôt les deux aubergistes se disputer violemment avec le banquier. Alice court au téléphone. Sarah répond et lui annonce, à sa grande déception, que James Roy a quitté River City pour une affaire urgente. Il ne sera de retour que le lendemain.

« Il va falloir que je me débrouille toute seule », se dit Alice, serrant les dents.

Elle s'empresse de rejoindre Peggy et lui demande d'aller chercher M. Hill. Ils se retrouvent tous les trois dans la grande chambre du premier, pour que les aubergistes ne puissent pas surprendre la conversation. Alice commence par informer ses amis de ce que lui a dit Sarah, puis elle déclare :

— Les Smith ont déjà dû voler un grand nombre d'objets de valeur et les cacher un peu partout. En plus, je suis sûre qu'ils sont très en colère contre Peggy maintenant. Je crois qu'il ne vaut mieux pas qu'elle reste dans la maison. Monsieur Hill, est-ce que vous voulez bien l'emmener à River City ? Moi je vais rester ici.

Le banquier fait entendre un léger sifflement.

— Ce serait beaucoup trop dangereux, objecte-t-il. Ces bandits sont capables de tout pour de l'argent ! Non, je pense que vous devriez accompagner Peggy à River City.

— Mais c'est impossible, s'écrie Alice. J'ai promis à mon père de veiller au grain. Si nous partons, les Smith vont piller l'auberge et disparaître pour toujours avec leur butin !

— Je préfère ça plutôt qu'il vous arrive quelque chose, observe le banquier.

— Non, je vais rester ici, dit la jeune fille fermement.

— Alors, je reste aussi, s'écrie Peggy.

— Je vois que je n'ai pas le choix, conclut M. Hill en souriant. Je vais être obligé de passer la nuit aux Trente-Six Chandelles, moi aussi.

Alice réfléchit un moment.

— Qu'est-ce que vous pensez d'aller vous installer dans la vieille cabane au milieu du bois pour empêcher les Smith d'emporter les objets qui sont à l'intérieur ? demande-t-elle en regardant le banquier. Je pourrais vous prêter la couverture que j'ai dans le coffre de ma voiture.

— Excellente idée ! s'écrie M. Hill. J'ai toujours pensé que j'avais raté ma vocation : j'aurais dû devenir détective privé !

Et il conclut avec un soupir :

— Ah ! La banque, ça n'a rien de drôle vous savez...

— Peggy et moi, nous allons rester ici et essayer d'ouvrir l'œil, reprend Alice. Nous veillerons à ce que personne n'entre dans la chambre d'Alfred Sidney.

L'obscurité est maintenant complète. Calmement, Alice appelle Mme Smith et lui commande à dîner.

— Nous nous contenterons de quelque chose de froid, dit-elle. Mais servez-nous le plus vite possible, M. Hill est pressé et il partira juste après le repas.

— Très bien, mademoiselle, dit Mme Smith d'un ton sec.

En attendant le dîner, les jeunes filles et le banquier engagent une conversation à bâtons rompus, mais sans évoquer les événements de la journée. Ils n'ont en effet aucune envie de laisser les aubergistes, toujours aux aguets, deviner leurs projets.

Les minutes passent, puis un quart d'heure, et une demi-heure enfin s'écoule sans que personne ne vienne.

— Ils en mettent un temps tout de même, observe Alice.

— Si je descendais voir où ils en sont ? propose Peggy.

— Toute seule, c'est trop dangereux. Je viens avec toi.

La cuisine est vide, et les jeunes filles n'y voient aucun signe de préparatifs du dîner. Alors, Alice comprend en un éclair ce que cela signifie.

— Les Smith se sont enfuis ! s'écrie-t-elle. Vite, Peggy, va avertir M. Hill et rejoignez-moi tous les deux à ma voiture.

Elle se précipite dehors et court jusqu'à son cabriolet. Malheureusement Alice comprend que son pressentiment était juste lorsqu'elle s'aperçoit que les pneus arrière sont à plat, sauvagement tailladés à coups de couteau.

« Et moi qui n'ai qu'une seule roue de secours », songe la jeune fille, furieuse de s'être laissée berner par ses adversaires.

Peggy accourt, suivie de M. Hill. Mais, tandis qu'elle leur apprend sa mésaventure, une idée lui traverse brusquement l'esprit.

— Ils font cela pour nous empêcher de les suivre, déclare-t-elle. Ou plutôt pour nous faire croire qu'ils se sont enfuis et qu'il faut les poursuivre... Mais je parie que les Smith ne sont pas loin d'ici !

Elle fait rapidement le tour du jardin et revient annoncer que la voiture des Smith a disparu : ils n'ont pas dû pouvoir emporter ce qu'il y avait dans la maison, à part ce qu'ils avaient caché dans la cuisine ou à la cave. Puis elle se tourne vers le banquier et lui demande :

— Qu'est-ce qu'il y avait dans les boîtes que nous avons vues dans la cabane ?

— Des couverts en argent, et du linge de table brodé. Cette masure doit être pleine à craquer de tous les objets volés.

— Alors les Smith y sont forcément allés, conclut Alice.

Elle ouvre le coffre et en sort une puissante lampe électrique.

— Et maintenant, reprend-elle, dépêchons-nous de les rejoindre. Je vais laisser les lumières de la maison allumées. Comme cela, ils croiront que nous sommes à l'intérieur.

Heureusement, Alice a un sens de l'orientation remarquable, et, malgré l'obscurité, elle retrouve très facilement le chemin de la vieille cabane. Mais elle constate avec dépit qu'aucune lumière n'y brille.

— Ils sont déjà repartis, dit M. Hill. En admettant qu'ils soient venus...

— Attendez, dit Alice. Ils ont probablement laissé leur voiture sur la route, ce qui veut dire qu'ils auront mis autant de temps que nous, si ce n'est plus, pour arriver jusqu'ici. Il vaut mieux rester ici.

Les jeunes filles et M. Hill attendant un long moment en silence, cachés derrière des arbres. Tout à coup, l'oreille fine d'Alice perçoit un bruit léger, comme un petit choc métallique, assourdi et lointain.

Immédiatement, Alice allume sa lampe électrique, et dirige le faisceau vers la cabane. Devant le perron croulant, deux silhouettes se découpent brutalement dans l'obscurité : Frank et Clara Smith.

— Criez-leur que l'accès de cette maison est interdit et qu'ils doivent partir immédiatement, murmure Alice à M. Hill. Et prenez votre plus grosse voix !

Le banquier s'éclaircit la gorge, puis il répète d'une voix forte les ordres indiqués par la jeune fille.

— Qui êtes-vous ? hurle Smith. J'ai le droit d'être ici !

— Ne bougez pas ! s'écrie M. Hill.

Mais l'aubergiste lui lance un rire insolent et commence à gravir le perron.

— Il faudrait réussir à leur faire peur, souffle Alice. Peut-être en faisant du bruit...

Elle se penche, ramasse un gros caillou.

— Attendez ! dit vivement M. Hill, qui a deviné l'idée de la jeune fille.

Et, saisissant la pierre, il la lance de toutes ses forces en visant la cabane.

On entend un fracas de verre brisé et Smith saute au bas du perron tandis que les vitres d'une des fenêtres volent en éclats sur le seuil de la maison. Mme Smith pousse un cri perçant et s'élance sur les traces de son mari qui prend la fuite sans demander son reste. Alice continue inlassablement à diriger le faisceau aveuglant de sa lampe sur les fuyards et les pourchasse jusque dans la prairie où ils détalent comme des lapins.

— Je crois qu'ils ne sont pas près de revenir, dit M. Hill en riant. Mais je vais tout de même rester ici, c'est plus prudent.

Alice décide de laisser sa lampe au banquier et elle reprend le chemin des Trente-Six Chandelles en compagnie de Peggy. Celle-ci semble à bout de forces, ce qui n'a rien de surprenant après tant d'émotions.

De retour à l'auberge, Alice aide Peggy à fermer les fenêtres de la maison puis traîne des meubles derrière les portes ouvrant sur la véranda.

— Il ne doit pas y avoir d'alarme ici, je suppose..., dit-elle. Eh bien, il va falloir en inventer une.

Elle prend plusieurs verres à pied qu'elle place en équilibre sur le rebord intérieur des fenêtres du rez-de-chaussée, afin qu'il soit impossible d'en ouvrir une sans faire tomber le verre.

— Va te coucher, Peggy, moi je vais dormir ici, dit-elle à son amie.

Mais comme celle-ci refuse obstinément de la quitter, elles s'installent toutes les deux dans la salle à manger, bien calées sur plusieurs coussins.

La nuit est paisible et lorsque Alice se réveille, un peu courbatue, le soleil inonde la pièce. Elle va à la cuisine et se rince le visage à l'eau fraîche. En jetant un œil par la fenêtre, elle voit M. Hill qui se dirige vers la maison.

— Bonjour, s'écrie le banquier, d'une voix joyeuse. Rien de nouveau du côté de la cabane. Et ici ?

— Pas le moindre incident non plus, répond Alice.

À ce moment, Peggy entre et propose d'improviser un petit déjeuner. Tandis que M. Hill va téléphoner à Briseville, Peggy prépare du café pour le banquier et du chocolat chaud pour elle et sa compagne. Le repas se compose finalement d'œufs brouillés et de pain perdu, ce qui fait la joie de tout le monde.

— Il faut que j'aille à la banque maintenant, annonce enfin M. Hill. Mon chauffeur va venir me chercher mais je vous le renverrai aussitôt pour qu'il puisse surveiller la cabane.

— Quant à nous, on ne bougera pas de la maison, déclare Alice. Dès que mon père sera de retour, je lui demanderai de faire venir un gardien et j'emmènerai Peggy chez moi à River City.

— Je pense que c'est le mieux à faire dans l'état actuel des choses, approuve le banquier. Ma petite Alice, vous êtes un véritable stratège. Vous vous êtes débrouillée comme un chef avec les Smith !

Alice remercie modestement M. Hill de son compliment, puis le banquier les quitte. Les deux jeunes filles restent seules mais, au bout d'une demi-heure, le chauffeur revient avec des pneus neufs pour le cabriolet. Il s'empresse de les mettre en place avant d'aller prendre son poste dans le bois.

Vers midi, Alice téléphone chez elle où son père vient enfin de rentrer. La jeune fille le met rapidement au courant de la situation. Celui-ci prend les choses en mains sur-le-champ et, à peine une heure plus tard, une voiture s'arrête devant la porte des Trente-Six Chandelles. L'avocat en descend, suivi de deux hommes robustes, bien que souples et silencieux comme des chats.

— Ce sont des détectives privés, dit simplement James Roy.

Puis il poste les hommes, l'un dans l'auberge,

l'autre à la cabane, pour remplacer le chauffeur de M. Hill.

— Et maintenant, Peggy, il ne nous reste plus qu'à prendre la route de River City pour aller prendre un bon bain et un vrai déjeuner, déclare Alice en riant. Pour l'instant, nos ennuis sont terminés !

Mais Alice se trompe...

De retour à River City, James Roy apprend à sa fille que les Sidney et les Banks ont fait cause commune pour contester les droits de Peggy à l'héritage d'Alfred Sidney. Et pour défendre leurs intérêts, ils ont choisi son confrère Walter Corbett, dont la réputation n'est plus à faire.

— Je crois que je ne vais pas pouvoir t'être d'un grand secours dans cette affaire, dit Alice en soupirant.

— Ne te plains pas : à toi seule, tu as déjà accompli le travail d'une bonne douzaine de professionnels, s'écrie James Roy. Et puis, je suis certain que nous allons gagner ce procès. Mais il va absolument falloir trouver la raison qui a poussé Alfred Sidney à déshériter sa famille au profit de cette orpheline.

— En réalité, aucun de ces gens-là n'était très proche de lui, dit Alice. Les enfants de M. Sidney n'ont pas eu de descendants ; et les Banks et les Sidney sont des parents assez éloignés.

— Tu as raison. Il n'empêche que si M. Sidney n'avait pas laissé de testament, ils auraient hérité de ses biens.

Alice médite un instant les paroles de son père et elle se fait le serment de découvrir la preuve qui convaincra le tribunal que Peggy a gagné honnêtement sa part d'héritage.

— Apparemment, les Smith se sont aussi alliés à la famille d'Alfred pour attaquer le testament, poursuit James Roy. Ils sont capables des pires calomnies, s'ils estiment que le jeu en vaut la chandelle.

— Ils vont essayer de se couvrir en accusant les autres, s'écrie Alice. Mais je suis sûre que tu réussiras à démolir leurs mensonges !

— Je l'espère.

Après cette conversation, Alice rejoint Peggy dans la chambre d'amis où la jeune fille est occupée à vider le contenu de sa valise.

Le déballage ne lui prend que quelques minutes, car la nouvelle héritière ne possède que trois robes : deux de coton noir pour le service et celle de taffetas gris bon marché qu'elle porte sur elle. Une fois rangé, son linge occupe à peine la moitié d'un tiroir de commode.

— Tu sais quoi ? Nous allons descendre tout de suite en ville et te faire une nouvelle garde-robe, décide Alice. Ne t'inquiète pas pour la question d'argent : tu me rembourseras plus tard, sur ton héritage. Il te faut des robes, des pantalons, des chemises, des collants, des chaussures, des pyjamas...

— Mais Alice ! tu crois que je peux réellement acheter tant de choses ? s'écrie Peggy, suffoquée. Oh, je vais me régaler !

— Et moi donc ! renchérit Alice. Tu vas voir comme c'est amusant. Vite, partons.

Les jeunes filles partent en riant et se rendent directement dans le grand magasin préféré d'Alice. Elles se dirigent vers l'ascenseur et pénètrent dans la cabine pour y découvrir... Bess et Marion !

chapitre 19

Alice a une idée

Les deux cousines adressent un sourire timide à Alice ; puis, comme si elles venaient de se souvenir d'une consigne qu'on leur aurait donnée, se redressent et détournent la tête. Une grande tristesse s'empare d'Alice.

D'un mouvement impulsif, elle pose la main sur le bras de Bess.

— Bess, écoute-moi, dit-elle. Je ne t'ai rien fait. Je ne vois pas pourquoi on devrait être fâchées à cause d'une dispute stupide qui remonte à plus de cinquante ans !

À la surprise d'Alice, une grosse larme coule sur la joue de Bess. Celle-ci dégage son bras et tourne le dos, mais elle garde la tête baissée. De son côté, Marion se mordille les lèvres nerveusement tandis que son regard inquiet va d'Alice à Bess.

— Nous n'y pouvons rien, dit-elle enfin. Mais tu sais bien que ton père fait tout ce qu'il peut pour empêcher nos parents de toucher leur part d'héritage.

En arrivant à l'étage des vêtements pour femme, Alice propose à ses amies de s'asseoir quelques instants sur les petits bancs réservés aux clientes.

— Allez, parlons un peu, dit-elle. Et puis, il faut aussi que vous fassiez plus ample connaissance avec Peggy.

Après quelques instants d'hésitation, Bess et Marion acquiescent, et les quatre jeunes filles s'installent au fond du magasin. Maintenant Alice se sent beaucoup plus à l'aise et elle engage la discussion :

— Bon, toutes les deux, vous vous souvenez que nous avons rencontré Peggy en même temps, le soir de l'orage ? Et puis, c'était la première fois que nous voyions M. Sidney. Et, alors que c'était un de vos parents éloignés, vous n'aviez jamais entendu parler de lui, je me trompe ?

Bess et Marion font un signe d'approbation et Alice poursuit :

— Peggy savait que mon père était avocat seulement parce que je le lui avais dit. D'ailleurs, vous étiez avec moi à ce moment-là. Et si je lui en ai parlé, c'est parce que je pensais qu'il pourrait peut-être l'aider à découvrir l'identité de ses parents. Le lendemain, Peggy m'a téléphoné pour me dire que M. Sidney avait besoin d'un avocat et qu'elle n'en connaissait pas à part mon père. M. Sidney voulait rédiger son testament, et il avait l'air tout à fait capable de le faire. Vous avez eu l'impression qu'il avait perdu la raison, vous ?

Bess et Marion échangent un regard gêné, puis, d'un même geste, secouent la tête.

— Mon père doit aller dans le sens des volontés

de ses clients, reprend Alice. C'est la loi. Il pourrait être radié de la profession sinon. Il n'y a rien d'autre à dire. Et Peggy est d'accord avec moi. Elle travaillait pour M. Sidney depuis qu'elle était enfant. Il a voulu en faire son héritière mais ce n'est pas ça qui va la rendre heureuse. Je sais qu'elle préférerait de loin savoir qui elle est et qui étaient ses parents.

— Oh ! oui, s'écrie Peggy du fond du cœur.

— Je suis au courant de votre querelle de famille, poursuit Alice. Aujourd'hui, tous ceux qui étaient concernés sont morts. Cette histoire n'a plus lieu d'être maintenant !

— Tu as raison, Alice, dit Marion résolument. Comme toujours d'ailleurs. Je suis vraiment désolée et j'ai honte de ce qui s'est passé. Excuse-moi, s'il te plaît.

Pendant ce discours, Bess, la plus douce et la plus émotive des deux cousines, pleure à chaudes larmes dans son mouchoir.

— Oh ! Alice, dit-elle, riant et sanglotant à la fois, je suis si heureuse !

Alice laisse aussi éclater sa joie. Finalement, tout le monde se met à rire de bon cœur, et les clientes du magasin regardent le groupe avec des sourires indulgents, en se demandant ce qui amuse tant ces jeunes filles.

— Vous êtes venues acheter quoi ? demande enfin Marion.

— Peggy a surtout besoin de robes, explique Alice. Vous voulez nous aider à les choisir ?

— Ça ne te dérange pas, Peggy ? dit Bess.

— Mais non, ça me ferait plaisir, répond Peggy gaiement. Je n'y connais rien, vous savez.

Ce soir-là, quand le magasin ferme ses portes, quatre jeunes filles en sortent, joyeuses et chargées de paquets.

Peggy est transformée. Vêtue de neuf des pieds à la tête, on a du mal à la reconnaître, car sa tenue coquette dissimule mieux sa maigreur et atténue sa pâleur. Cette métamorphose semble lui avoir donné confiance en elle, même si elle ne se sent pas encore parfaitement à l'aise.

— Reste avec moi, Alice, je t'en prie, murmure-t-elle tout à coup. J'ai peur que les Smith essaient de me faire du mal.

— Mais non, voyons, tu n'as rien à craindre, réplique Alice d'un ton insouciant.

Mais elle ne peut s'empêcher de penser que Peggy n'a peut-être pas tort. Frank Smith n'est pas du genre à reculer devant un enlèvement, mais il peut tout aussi bien reprendre Peggy légalement, puisqu'il est son tuteur. Elle serait alors à sa merci.

« Il faut absolument réussir à retrouver la trace des véritables parents de Peggy, se dit Alice. C'est le meilleur moyen de la tirer d'affaire. »

Après le dîner, la jeune fille aide son amie à déballer les achats de l'après-midi, et toutes deux prennent plaisir à détailler et à admirer encore chaque article.

— Je ne voudrais pas te rappeler des souvenirs trop pénibles, Peggy, mais est-ce que tu te souviens du nom de l'orphelinat où les Smith sont venus te chercher ? demande soudain Alice.

— On me l'a dit et redit assez souvent pour que je ne puisse l'oublier, dit Peggy, sur un ton amer. Les Smith me répétaient je ne sais combien de fois par jour que je leur devais tout, et que je ne travaillerais jamais assez pour rembourser ma dette, parce que les Trente-Six Chandelles étaient un véritable paradis, comparées à l'orphelinat de Notre-Dame-du-Bon-Refuge...

— L'orphelinat de Notre-Dame-du-Bon-Refuge, répète Alice. Tu sais où il se trouve ?

— Plus ou moins. Ce doit être quelque part en Nouvelle-Angleterre ou bien du côté de New York. Mais je me trompe peut-être.

Cette nuit-là, Alice n'arrive pas à trouver le sommeil. Elle tourne et retourne dans son esprit le mystère des origines de Peggy. Épuisée, elle finit par s'endormir, mais, au matin, la même question la tourmente encore.

James Roy a décidé d'emmener Peggy avec lui au palais de justice afin d'y régler certaines formalités. Alice reste donc seule avec ses pensées.

« Je vais aller voir M. Hill, se dit-elle. Comme il a l'air d'aimer les énigmes, il peut peut-être m'aider à résoudre celle-là. Et puis, il me semble qu'il a vécu pas loin de New York à une époque. »

Il ne faut pas longtemps à Alice pour mettre son projet à exécution. En un clin d'œil, elle saute dans sa voiture et prend la route de Briseville, où elle trouve M. Hill installé à son bureau. Le banquier l'accueille très cordialement Il s'adresse à la jeune fille d'égal à égale.

— Où en est cette mystérieuse affaire des Trente-Six Chandelles ? demande-t-il. Il y a du nouveau ?

— Non, mais j'ai eu une idée, répond Alice. Est-ce que vous savez où se trouve Notre-Dame-du-Bon-Refuge ?

— Bon-Refuge ? Ce nom me dit quelque chose, dit M. Hill, tandis qu'un sourire d'espoir éclaire le visage de la jeune fille. Attendez, je vais chercher sur mon annuaire.

— C'est bizarre, je ne trouve rien, dit-il au bout d'un moment, l'air perplexe. Pourtant je suis sûr de...

— C'est le nom d'un orphelinat, reprend Alice. Ce n'est peut-être pas le nom de l'endroit où il se trouve. Ça ne va pas faciliter nos recherches...

— Un orphelinat, un orphelinat, répète M. Hill qui se passe et se repasse la main dans les cheveux. Ça y est, j'y suis ! Quelle coïncidence...

Il appelle son assistant et lui demande d'apporter sur-le-champ le contenu d'un coffre dont il lui donne le numéro et la clef. En attendant le retour du jeune homme, M. Hill s'agite beaucoup, il tambourine sur son bureau du bout des doigts et siffle entre ses dents en jetant de temps à autre un coup d'œil inquisiteur à la jeune fille. Mais celle-ci ne montre pas que ce comportement bizarre l'intrigue beaucoup.

— Pourquoi êtes-vous venue me poser cette question ? demande soudain le banquier.

— C'est l'orphelinat où les Smith ont trouvé Peggy. Je voudrais l'aider à découvrir qui étaient ses parents. Je suis venue ici parce que vous aviez l'air de vous intéresser à cette affaire... et surtout parce qu'il me semble que vous avez vécu un certain temps dans la région de New York. D'après Peggy, l'orphelinat doit se trouver par là.

— Eh bien, on peut dire que vous avez l'esprit clair et méthodique, déclare M. Hill. Si vous songez un jour à travailler dans la banque, je vous offrirai tout de suite un poste ici, et je vous garantis qu'en moins de deux ans vous en saurez autant que moi. Je ne plaisante pas... Ah... Miller, enfin !

Le jeune homme dépose sur le bureau du banquier une liasse imposante de papiers, puis il sort.

— Voyons un peu, dit M. Hill en commençant à trier les documents d'une main experte. Tout ceci concerne le règlement de la succession de mon père. Ah ! voilà : je le savais !

Il déplie une série de feuillets jaunis et se met à lire :

— Statuts de l'orphelinat de Notre-Dame-du-Bon-Refuge, institution de bienfaisance, créée dans un but strictement philanthropique, sans autre mode de financement que l'apport de capitaux privés, et ne devant laisser aucune sorte de bénéfice ni de profit à quiconque...

— Cette fois, nous sommes sur la bonne piste, s'écrie Alice en se levant d'un bond. Mais comment se fait-il que vous ayez tous ces papiers ?

— Mon père appartenait au conseil d'administration de l'établissement et il était en même temps le président de la « Ligue d'assistance aux plus démunis ». Cette association finançait en partie le fonctionnement de l'orphelinat... Et maintenant, Alice, que faisons-nous ?

— Pendant combien de temps votre père s'est-il occupé de cet orphelinat ? demande la jeune fille.

— Pendant plusieurs années, mais il est mort depuis vingt-deux ans...

— Vous allez peut-être pouvoir faire quelque chose... Sachant qui vous êtes, les administrateurs actuels de l'orphelinat seront certainement ravis de vous aider : vous voulez bien téléphoner au Bon-Refuge et demander si une enfant du nom de Peggy Bell y vivait il y a dix ans ? Et demandez aussi dans quelles circonstances elle est partie.

Alice s'interrompt un instant. M. Hill ne la quitte pas des yeux.

— Vous pourriez aussi essayer de savoir, dit Alice, si, parmi les bienfaiteurs de l'institution, ne se trouvait pas Alfred Sidney, le célèbre inventeur !

chapitre 20
Le chandelier

L'admiration se lit dans les yeux de M. Hill quand il se lève pour reconduire Alice à la porte.

— Je vous préviendrai dès que j'aurai une réponse du Bon-Refuge, dit-il. Je suis persuadé que vous êtes sur la bonne voie.

— J'espère, moi aussi, dit Alice modestement. C'est juste une idée qui m'est passée par la tête, mais sait-on jamais...

Alice regagne directement River City. James Roy et Peggy ne sont pas encore de retour, ce qui permet à la jeune fille de se reposer dans le hamac installé sous la véranda. Elle commence à feuilleter un livre quand elle entend des pas dans le jardin.

— C'est toi, Peggy ? crie-t-elle.

— Pas exactement, réplique une voix masculine, et Alice, sautant du hamac, se trouve nez à nez avec Ned Nickerson, son ami d'enfance.

— Ned ! D'où est-ce que tu sors ? s'écrie-t-elle, ravie. Et comme tu es bronzé ! Tu reviens de vacances ?

163

— Pas du tout : je travaille moi, mademoiselle ! réplique le jeune homme.

Il s'assied sur les marches de la véranda et, tendant le bras vers Alice :

— Tiens, regarde ces muscles ! Je serai en pleine forme pour reprendre l'entraînement à l'automne !

— Mais où est-ce que tu travailles ? Tu restes déjeuner avec nous, j'espère ?

— Je ne demanderais pas mieux, malheureusement, le devoir m'appelle. En fait je ne devrais même pas être ici en ce moment... Je travaille à l'hôtel Bellevue.

— Je suis impressionnée, dit Alice en riant. Et tu y fais quoi ? La gestion ou la plonge ?

— Rien d'aussi important ! Je conduis les voyageurs à la gare, je porte les bagages, je promène les vieilles dames en barque sur la rivière. Bref, je me rends utile, que dis-je, indispensable. C'est même moi qui tonds les pelouses ! Que demander de plus ?

— Bravo ! Ned, s'exclame Alice. Où se trouve l'hôtel ?

— À une soixantaine de kilomètres d'ici, au bord de l'eau. C'est un coin tranquille, parfait pour des vacances en famille.

— Mais tu es venu comment aujourd'hui ? En barque, avec tes clients ?

— Oh ! non, trop fatigant ! J'ai pris la voiture de l'hôtel, répond Ned. Je suis venu chercher un couple que mon patron a engagé. Le mari est maître d'hôtel et la femme cuisinière. Il paraît qu'ils ont de très bonnes références. Mais compte sur moi, j'ai bien l'intention de tester moi-même leur cuisine !

— Ils sont de River City ? demande Alice avec un intérêt soudain.

— Ils habitent une petite pension de famille, rue Cadillac ; je ne sais pas exactement où c'est. Ils sont au numéro 32, hôtel Sélect !

— Rue Cadillac ? C'est tout près : en sortant d'ici, tu prends à gauche puis tu tournes à droite au premier feu et tu seras dans la rue Cadillac. Elle longe la rivière et je crois que le 32 est sur la gauche. Mais tu sais comment s'appellent ces gens ?

— Ils ont un drôle de nom, répond Ned. Quelque chose comme Ciment, ou Cemett. Non, Smith. Ils tenaient une auberge je ne sais où, mais il paraît qu'une fripouille leur a fait tout perdre et les a mis à la porte de leur maison. Ce serait une bonne cause pour ton père, lui qui aime porter secours aux pauvres gens, tu ne crois pas ?

Alice sourit.

— Je lui en parlerai, dit-elle. Mais tu dois vraiment repartir si vite ?

— En fait, j'ai profité d'être dans le coin pour venir te dire bonjour mais il faut vraiment que je reparte. Je ne veux pas perdre ma place ! En tout cas, je suis bien content de t'avoir vue. Il faudra que tu viennes passer un week-end à Bellevue avec ton père. Je ferai semblant de ne pas vous connaître quand je monterai vos bagages, mais il faudra me donner un bon pourboire ! Salut, Alice. Et surtout, n'oublie pas que tu es retenue pour le troisième samedi de novembre. C'est le grand bal de ma promotion...

Sur ces mots, Ned regagne sa voiture et saute sur

le siège. Il fait un dernier signe de la main, et démarre, laissant la jeune fille rayonnante.

Quand James Roy et Peggy reviennent de la ville, Alice se précipite à leur rencontre.

— J'ai plein de bonnes nouvelles, Peggy, s'écrie-t-elle. Le magasin a livré le reste de tes achats : il y a au moins une douzaine de cartons qui t'attendent dans ta chambre. Et puis, ce n'est pas tout : les Smith vont aller s'installer à soixante kilomètres d'ici !

— Oh ! que je suis contente, s'exclame Peggy, tandis que James Roy sourit de satisfaction.

Alice explique comment elle a appris le départ des aubergistes.

— Très bien, nous serons plus tranquilles comme ça, dit l'avocat. Nous sommes retournés aux Trente-Six Chandelles avec Peggy ce matin pour voir où en étaient les choses. J'ai enlevé les scellés et mis un bon cadenas à la porte d'Alfred ; les détectives sont à leur poste. Mais j'avoue que je suis rassuré de savoir que les Smith seront loin.

— J'ai envie d'aller faire un tour à l'auberge cet après-midi, annonce Alice à son père, tandis que Peggy se dépêche d'aller déballer ses achats. Je crois que j'ai retrouvé la trace des parents de Peggy et je pourrais peut-être trouver un indice intéressant à ce sujet dans la chambre d'Alfred Sidney. Est-ce que je peux y aller ?

— Tiens, voici la clef, répondit l'avocat. Est-ce que tu pourrais me dire ce que tu soupçonnes, ou est-ce que tu préfères attendre d'en savoir plus ?

James Roy regarde sa fille avec malice, car il sait

parfaitement que la jeune fille ne divulgue jamais ses plans avant d'avoir mis au point les moindres détails. Alice lui sourit en retour.

Après le déjeuner, les deux jeunes filles reprennent la route de l'auberge. En arrivant, Alice se présente au détective de faction dans la tour, mais l'homme refuse de la laisser pénétrer dans la chambre, malgré les papiers d'identité et la clef qu'elle lui montre.

— Excusez-moi, mademoiselle, dit-il en secouant la tête. Vous n'êtes pas la première personne à chercher à entrer dans cette pièce. Ce matin, un monsieur m'a proposé une somme astronomique pour que je le laisse passer un quart d'heure à l'intérieur.

— Moi, je n'essaierai pas de vous corrompre, déclare Alice. Mon père est avocat à River City et comme je vous l'ai dit, c'est lui l'exécuteur testamentaire de M. Sidney. Cette jeune fille est son héritière, dit-elle en désignant Peggy de la main. Est-ce que vous pourriez me décrire les personnes qui sont déjà venues ?

En entendant le détective leur décrire les deux hommes qui se sont présentés à plusieurs reprises, Alice et Peggy échangent un coup d'œil.

— C'était Peter Banks ! dit l'une.
— Et William Sidney ! ajoute l'autre.
— Vous les connaissez ? s'écrie le gardien.
— Et comment ! Mon père vous féliciteira de n'avoir pas accepté leurs propositions ! s'exclame Alice.

Après bien des hésitations, l'homme permet finalement à Alice de pénétrer dans la chambre, mais à condition qu'elle s'engage à refermer la porte derrière elle et que Peggy ne franchisse pas le seuil.

— Comment vais-je faire ? objecte Alice. Je ne peux pas mettre le cadenas à l'intérieur.

— Il y a un verrou, dit Peggy. M. Roy l'a tiré ce matin quand nous sommes venus ici ensemble.

— Vous êtes la jeune fille qui accompagnait M. Roy ? demande le gardien. Mon collègue m'en a parlé quand je l'ai remplacé à midi. Dans ce cas, c'est différent : allez, vous pouvez monter.

— Oh ! moi, je préfère rester ici avec vous, dit Peggy. Je n'ai pas le cœur de revoir cette chambre si peu de temps après la mort de M. Sidney.

Alice gravit donc l'escalier seule. Quand elle entre dans la pièce, elle est prise à la gorge par l'air lourd et confiné. Il faudrait aérer, mais les fenêtres sont condamnées par les scellés. La jeune fille referme la porte derrière elle et tire le verrou. Puis elle promène son regard lentement autour de la chambre.

« Il y a vraiment une atmosphère étrange ici, songe-t-elle. Ce doit être ces bougies et ces chandeliers, il y en a partout... »

En bonne tacticienne, Alice commence à élaborer son plan d'opérations.

« Décidément, je trouve que ces bougies torsadées sont placées d'une drôle de façon, se dit-elle. Je me demande si cela n'aurait pas une signification particulière... »

Elle observe sur la cheminée deux superbes chandeliers d'argent garnis de hautes bougies dont la forme est d'une élégance rare.

« Ces deux pièces vaudraient certainement un bon prix chez un antiquaire », songe-t-elle.

Elle s'avance afin d'examiner l'un des objets de plus près. Elle le soulève avec précaution pour mieux l'admirer.

« Tiens, observe-t-elle, en passant le doigt instinctivement à la place qu'il occupait. La surface n'est pas très régulière. »

Quand elle dépose le chandelier, il lui semble que l'un des carreaux de faïence qui recouvrent la cheminée bascule légèrement. Alors, elle s'approche de la seconde bougie, placée à l'autre extrémité. La lumière de la fenêtre éclaire parfaitement cet endroit-là.

— Il y a quelque chose d'anormal, murmure-t-elle. Ici, aussi, on dirait qu'un des carreaux bouge.

Elle entreprend aussitôt de desceller complètement la céramique. C'est une opération fastidieuse, mais Alice est tenace et n'abandonne pas la partie.

« Il faut que j'arrive à découvrir tout ce qui est caché dans cette pièce. S'il y a un trésor derrière chaque bougie, je vais avoir du pain sur la planche. »

Le carreau enlevé, elle découvre une cavité d'où elle retire un petit rouleau fermement serré par un lacet de cuir. Elle se précipite vers la table pour examiner sa trouvaille dont le poids lui semble surprenant. Le paquet contient des pièces d'or de vingt dollars, soigneusement enveloppées par séries de dix. A l'autre extrémité de la cheminée, une seconde cachette renferme un rouleau identique. Alice l'ouvre.

— Plus de trois mille dollars en tout ! s'exclame-t-elle après un rapide calcul. M. Sidney était décidément un original. Mais maintenant, je sais comment retrouver les trésors qu'il avait gardés pour Peggy !

Alice se hâte de remettre les deux paquets en place car personne ne doit surprendre cette découverte, qui va certainement en amener bien d'autres. Puis elle se dirige lentement vers la lourde table sculptée. C'est là que se trouvait l'énorme bougie torsadée, qui, la nuit, éclairait le jardin comme un phare. Le haut chandelier de cuivre est posé sur une vieille Bible usée qu'Alice écarte avec précaution. À sa place le bois est plus luisant et plus net que partout ailleurs, mais, à la limite de ce rectangle sans poussière, l'œil expert de la jeune fille remarque une fente aussi fine qu'un cheveu. Du doigt, elle en suit le contour qui dessine sur la poussière un ovale parfait.

— Un compartiment secret ! s'exclame Alice. Vite, il faut que j'arrive à l'ouvrir !

Méthodiquement, elle explore le dessus de la table, cherchant le ressort qui permettrait de démasquer la cachette, mais elle ne trouve rien. Enfin, sa patience est récompensée lorsqu'elle découvre une légère encoche sous le bord du plateau.

Elle y enfonce le bout du doigt et le compartiment s'ouvre brusquement, révélant un trou profond de quinze à vingt centimètres. À l'intérieur Alice voit des papiers rangés avec soin. Elle hésite : doit-elle les examiner sur-le-champ, ou ne vaut-il pas mieux laisser son père les retirer lui-même de leur cachette et en prendre connaissance en présence de témoins ?

« Je préfère ne pas y toucher », décide-t-elle. Et elle rabat le couvercle du compartiment, puis elle soulève la Bible pour la remettre en place.

Mais à son grand étonnement, le dos de la reliure cède brusquement, et le livre se sépare en deux. Quelques pages se détachent et glissent sur le plancher. Alice les rassemble avec soin puis commence à les remettre à leur place. Mais, feuilletant le livre, elle trouve une enveloppe dont l'en-tête lui coupe la respiration.

Il porte le nom de l'orphelinat de Notre-Dame-du-Bon-Refuge !

« Et si la clef de l'énigme se trouvait là-dedans ? » se dit Alice, frémissante d'émotion.

Sa main tremble en prenant l'enveloppe. L'adresse d'Alfred Sidney est écrite à la main et le timbre est très ancien. Mais le cachet de la poste est trop brouillé pour qu'elle puisse distinguer la date.

Soudain, on frappe à la porte et Alice sursaute. Elle repose immédiatement la Bible sur la table et le livre se referme d'un seul coup sur la lettre glissée entre les pages.

— Qui est là ? demande-t-elle en s'écartant de la table.

— C'est moi, Peggy, répond une voix familière.

Alice se précipite pour ouvrir la porte à la jeune fille. Celle-ci entre et regarde autour d'elle, les yeux pleins de larmes.

— Tout est exactement comme M. Sidney l'a laissé, murmure-t-elle, pendant que son amie referme la porte.

— C'est bien ça qui m'intéresse, dit Alice. Peggy, je crois que j'ai encore de bonnes nouvelles à t'annoncer. Mais il faut d'abord que je t'explique pourquoi j'ai tenu à venir jeter un coup d'œil ici. J'étais tellement prise par mon idée que je n'ai pas songé un seul instant à ta réaction. Tu dois me trouver bien indiscrète de fureter ainsi chez toi pendant que tu restes à la porte !

— Oh ! Alice, jamais je ne... tu sais bien que... Enfin, Alice !

Peggy s'efforce désespérément d'expliquer à son amie les sentiments qu'elle éprouve pour elle, mais Alice comprend avec joie la confiance et l'affection que lui porte sa nouvelle amie.

— Chut ! Peggy, écoute-moi à présent, reprend-elle. J'ai demandé à M. Hill...

— M. Hill ! s'exclame la jeune fille, faisant un bond. Je venais justement te dire qu'il a téléphoné tout à l'heure. Il a appelé chez toi, mais Sarah lui a dit que nous étions ici. Il veut te voir immédiatement et avec moi.

— Génial ! s'écrie Alice. Il a dû recevoir une réponse du Bon-Refuge.

Comme Peggy la regarde, interloquée, elle se dépêche d'expliquer.

— Grâce à M. Hill, j'ai réussi à découvrir l'adresse de ton orphelinat et nous nous sommes aperçus que son propre père appartenait au conseil d'administration de cette institution il y a plusieurs années. Je lui ai demandé de téléphoner là-bas à ton sujet et aussi pour savoir si M. Sidney ne s'y était pas intéressé à un moment.

— Mais pourquoi ?

— Écoute, Peggy, je n'ai encore aucune preuve de ce que j'avance, mais à mon avis, je ne suis pas loin du but... J'ai la conviction que si M. Sidney t'a laissé sa fortune, c'est parce que tu es en fait sa véritable héritière !

Peggy se laisse tomber sur une chaise, et son visage devient blanc comme un linge.

— Tu veux dire que..., commence-t-elle.

— Je veux dire que tu es certainement une de ses parentes, précise Alice. Et là dans cette vieille Bible, je...

À cet instant, un cri terrifiant retentit, juste après un fracas dont l'écho se répercute longuement dans la vieille maison.

chapitre 21

Un coup de théâtre

Depuis qu'il s'est chargé de défendre les intérêts de Peggy, James Roy a laissé plusieurs affaires en suspens. Il s'efforce donc de mettre sa correspondance à jour après le départ des jeunes filles pour les Trente-Six Chandelles.

Les bureaux de l'avocat occupent plusieurs pièces à l'étage supérieur du plus haut immeuble de River City et, tandis que sa secrétaire écrit sous sa dictée, James Roy laisse errer son regard au loin, vers les collines qui bordent la rivière.

Un coup de sonnette résonne à l'entrée du cabinet. Bien que l'avocat ait donné pour consigne formelle de ne pas être dérangé, son assistant passe timidement la tête à la porte de la pièce où se tient James Roy.

— Excusez-moi, dit-il. M. Corbett demande à vous parler. Il dit que c'est très important.

— M. Corbett ? Faites-le entrer, s'exclame James Roy. Merci, Fanny, dit-il en se tournant vers sa secrétaire. Je vous rappellerai quand je serai prêt à reprendre mon courrier.

Il attend le visiteur avec impatience, car M. Corbett est l'avocat que la famille d'Alfred Sidney a choisi pour attaquer le testament.

— Asseyez-vous, mon cher, dit James Roy aimablement.

— Merci. J'espère que vous m'excuserez d'avoir insisté, commence Walter Corbett. En fait, ma visite n'est pas vraiment dans les règles puisque nous sommes adversaires, sur le plan professionnel en tout cas.

— L'affaire qui nous oppose est bien curieuse, dit James Roy, avec réserve.

— Je me demande ce que vous en penseriez si vous étiez à ma place, dit le visiteur, avec un sourire de biais. Remarquez, la cause a l'air louable, et il serait assez facile de défendre les intérêts de ces gens qui se retrouvent pratiquement déshérités. Mais, à vrai dire, cette affaire ne me plaît pas beaucoup. Mes clients se méfient tellement les uns des autres que j'en viens à douter de leur bonne foi. Vous voyez que je ne mâche pas mes mots.

— En effet, répond James Roy. J'imagine que si cette affaire suit son cours, vous allez tenter de démontrer que M. Sidney n'était plus sain d'esprit à la fin de sa vie et qu'il s'est laissé influencer par Mlle Bell, au point de lui léguer toute sa fortune, aux dépens de ses neveux.

M. Corbett sourit de nouveau.

— Je me doutais bien qu'avec votre expérience, vous sauriez prévoir ma tactique, dit-il courtoisement. Mais en fait, je ne suis pas venu pour vous parler de cela. Je voulais vous proposer de régler cette affaire à l'amiable. Cela épargnerait à Mlle Bell une publicité assez désagréable. Pensez-vous que nous pouvons trouver un compromis ?

— Non, je ne crois pas, répond James Roy avec calme. La cause de Mlle Bell est juste et sa position légitime. Sinon, je n'aurais pas accepté de la défendre. Nous sommes prêts à contester les prétentions des Banks et des Sidney, il n'y a pas d'accord possible.

— Bon, j'estime que j'ai fait mon devoir, dit M. Corbett. Et maintenant, pour vous parler non plus en confrère, mais d'homme à homme, je vous avouerai que je regrette beaucoup d'avoir accepté cette affaire. Que mes clients aient tort ou raison, leur attitude ne m'incite pas à les défendre avec enthousiasme...

— Dans ce cas, Corbett, vous pouvez toujours vous désister, dit James Roy sèchement.

— Je ne veux pas avoir l'air de reculer. Et puis, bien que mes clients ne me plaisent guère, légalement, leur cause est défendable.

Sur ces mots, Walter Corbett s'apprête à partir. Les deux avocats se lèvent quand le bruit d'une violente discussion qui éclate dans l'entrée leur fait tourner la tête vers la porte.

— Qu'est-ce qui se passe ? s'écrie James Roy, pressant le bouton de l'interphone pour appeler sa secrétaire.

— C'est M. Banks et M. Sidney, répond la voix de la jeune femme.

Au même instant, la porte s'ouvre brutalement et les deux hommes font irruption dans la pièce.

— Qu'est-ce que ça signifie ? demande James Roy, regardant froidement les intrus par-dessus son bureau.

— C'est ce que nous allons voir ! s'écrie Peter Banks. Si vous croyez que je vais me laisser berner ! J'ai vu William entrer dans cet immeuble tout à l'heure, alors je l'ai suivi pour savoir ce qu'il venait faire. Et voilà qu'il monte ici, chez l'avocat de cette petite peste ! Pour y rencontrer qui ? Walter Corbett, l'homme que je paie pour qu'il défende mes intérêts et ceux de ma nièce ! Cela ne vous semble pas bizarre ?

— Vous devenez complètement fou ! hurle William Sidney. J'étais en train de me faire couper les cheveux chez le coiffeur en face quand j'ai aperçu Corbett entrer ici en trombe. Ah ! je vous assure qu'il ne m'a pas fallu longtemps pour me précipiter derrière lui !

— Où est-ce que vous voulez en venir finalement ? demande Walter Corbett. Je voulais convaincre mon confrère de conclure un arrangement à l'amiable.

— J'espère bien que vous n'avez pas réussi, reprend Sidney, tempêtant de plus belle. Notre cause est juste et nous n'avons rien à craindre de cette orpheline de rien du tout. Nous vous avons choisi parce que nous pensions qu'elle ne ferait pas long feu face à vous. Si nous avions su que vous comptiez esquiver l'action en justice !

Walter Corbett devient très rouge, et son poing s'abat avec force sur le bureau de James Roy.

— Cette fois, la question est réglée, dit-il d'une voix tonnante. Je refuse de poursuivre cette affaire. Je me retire et vous ne pouvez pas savoir à quel point cela me fait plaisir !

— Tant mieux, déclare William Sidney, ironique. Nous ne nous en porterons pas plus mal, car vous n'avez jamais pris nos intérêts au sérieux. Nous trouverons un autre avocat et nous pousserons l'affaire jusqu'au bout : s'il le faut, nous irons jusqu'à la Cour suprême. Quand tout sera terminé, Peggy Bell n'aura plus un centime de l'argent qu'elle a volé, et elle se retrouvera en prison !

— Cela suffit maintenant ! s'écrie James Roy, exaspéré. Je ne tolérerai pas plus longtemps chez moi ces propos indignes. Veuillez sortir immédiatement !

— Oui, sortez, renchérit Walter Corbett. Et dites-vous bien que vous ne pourriez jamais envoyer Mlle Bell en prison, même si vous gagniez votre procès.

— Vraiment ? réplique Peter Banks d'un ton cinglant. Eh bien, à votre place, je n'en serais pas si sûr. Nous avons déjà tiré nos conclusions et je vous assure que Peggy Bell n'est pas en bonne posture...

En entendant ces mots, James Roy traverse vivement la pièce et vient s'adosser à la porte.

— Un instant, monsieur. Que voulez-vous dire ? demande-t-il sèchement.

Banks et Sidney échangent un coup d'œil et, malgré le peu de sympathie qu'ils éprouvent l'un pour l'autre, ils font cause commune. William prend la parole, frémissant de rage.

— Je vais vous dire ce que j'en pense, lance-t-il.

Il est vraiment très étrange qu'après la visite de deux jeunes personnes – dont je ne citerai pas les noms – Alfred ait subitement décidé de faire son testament en faveur de l'une d'elles. Puis le voilà qui meurt... le lendemain. Et comme par hasard, la bonne âme qui le trouve mort est justement son héritière... Si vous ne trouvez pas que...

— C'est bien l'insinuation la plus lâche et la plus infâme que j'aie jamais entendue, s'exclame James Roy. Je vous avertis que c'est vous qui irez en prison si vous tentez de propager cette calomnie !

— J'ajoute, messieurs, déclare M. Corbett, qu'après avoir entendu ceci, non seulement je vous refuse mes services, mais je me mets dès à présent à l'entière disposition de Mlle Bell et de Mlle Roy.

La discussion s'interrompt, car à ce moment la secrétaire de l'avocat entrouvre la porte.

— Je m'excuse, maître, mais votre gouvernante est au bout du fil et elle insiste pour vous parler, dit-elle.

James Roy regarde sa montre.

— Il se fait tard, elle doit s'impatienter, observe-t-il. Passez-moi la communication.

Il décroche aussitôt le récepteur de l'appareil posé sur son bureau et attend quelques instants. Mais bientôt son visage devient grave et une angoisse soudaine contracte ses traits. Il raccroche et, se tournant vers Walter Corbett :

— Peggy Bell et ma fille ont disparu, dit-il d'une voix sourde. Elles devaient se rendre aux Trente-Six Chandelles et rentrer par Briseville pour passer au bureau de Raymond Hill, le banquier. Mais personne ne les a vues à aucun de ces deux endroits !

chapitre 22
Le piège

Alice et Peggy se regardent, clouées sur place par le cri terrible qu'elles viennent d'entendre, et leur émotion est si vive qu'elles en oublient ce dont elles parlaient quelques instants plus tôt.

— Qu'est-ce que c'était ? dit Peggy, tremblante. On aurait dit le hurlement d'un fantôme !

— Ne dis pas de bêtises, s'écrie Alice.

Elle court à la fenêtre et, soulevant le scellé, s'efforce de débloquer la glissière rouillée. Peggy, qui s'est d'abord précipitée vers la porte, revient en toute hâte vers Alice, moins pour l'aider que pour se rassurer auprès d'elle.

Unissant leurs efforts, les jeunes filles réussissent enfin à relever le panneau inférieur de la fenêtre et Alice se penche au-dehors.

— Oh non, s'exclame-t-elle, il y a un homme étendu sur le toit de la véranda, avec une échelle renversée sur lui. Comment a-t-il pu arriver jusque-là ? En tout cas, il a l'air très mal en point.

Peggy regarde à son tour.

— Ce n'est pas le détective, déclare-t-elle. Mais au fait, où est-il ?

— Vite, descendons, propose Alice. Il faut aller au secours de cet homme et trouver qui il est.

En sortant de la chambre, Alice cadenasse la porte derrière elle, puis elle s'élance dans l'escalier suivie de près par Peggy. Elle s'arrête au premier étage et entre dans l'une des chambres qui donne sur le toit de la véranda.

Non sans mal, Alice réussit à se glisser au-dehors par la fenêtre. Elle s'approche de l'inconnu. Allongé à plat ventre, il gémit sous le poids de l'échelle. La jeune fille le dégage avec précaution, puis le retourne sur le dos.

— Frank Smith ! s'écrie-t-elle.

— Non ! Il est venu me récupérer, dit Peggy, dans un gémissement de détresse.

— Dans cet état, il ne fera pas grand-chose, déclare Alice, en tâtant le poignet de l'homme.

À ce contact, celui-ci fait un geste et pousse un sourd grognement.

— Où suis-je ? demande-t-il soudain d'une voix plaintive. Aïe ! mon dos, aïe ! ma tête.

— Vous êtes à un endroit où vous n'aviez rien à faire, réplique Alice, réprimant la compassion que lui inspire la souffrance de l'homme.

— Oh ! que j'ai mal ! C'est terrible. Je crois que je vais mourir, murmure-t-il, tandis que ses yeux chavirent.

— Peggy, aide-moi à le transporter dans la

chambre. On ne peut pas le laisser ici... Mais je me demande vraiment où est passé notre détective !

À grand-peine, les jeunes filles réussissent à soulever, puis à déplacer Smith qui semble être inconscient maintenant. Mais elles ne parviennent pas à installer Smith sur le lit, et Alice doit se contenter de lui glisser un oreiller sous la tête.

— Aïe ! aïe ! gémit l'aubergiste. Où est-ce... Ah ! je me rappelle... Peggy, ma chère petite fille que j'aime tant, où es-tu ?

— On verra cela plus tard, dit Alice. Maintenant, j'aimerais bien savoir ce que vous faisiez avec cette échelle sur le toit de la véranda !

Elle s'est agenouillée près de l'homme pour lui tâter de nouveau le poignet. Le pouls bat légèrement trop vite, mais Alice estime qu'à part cela, tout semble normal, ce qui lui paraît assez surprenant vu le choc que l'homme a subi. Aussi commence-t-elle à soupçonner M. Smith de jouer la comédie.

— Il y a un certain nombre de choses qui m'appartiennent dans cette maison et que je veux récupérer mais on ne me laisse pas les emporter, répond Smith d'un ton geignard. C'est le portrait de Peggy quand elle était petite, avec une boucle de cheveux... Et puis aussi son premier devoir de calcul avec un gros 20 au crayon rouge, et...

— Arrêtez avec vos mensonges, s'écrie Alice. Vous n'allez pas me faire croire que vous risqueriez votre vie pour venir chercher une photographie et une boucle de cheveux.

— Mais pourquoi est-ce que vous me jugez si mal ? demande Smith en soupirant. Peggy, viens vite près de ton pauvre père qui est sur le point de mourir.

Ces paroles sont d'une telle hypocrisie qu'Alice se relève et, considérant avec mépris l'homme allongé sur le sol, elle lui dit sévèrement :

— Vous n'êtes pas plus blessé que moi ! Quant à vos discours, ils ne trompent personne !

Elle est à présent fermement convaincue que Smith a tenté de s'introduire dans la maison pour y commettre de nouveaux larcins. Mais toutes les ouvertures étaient condamnées et il n'a pas pu franchir la porte d'entrée fermement gardée par le détective.

« Est-il vraiment tombé ? se demande Alice. Et même s'il a fait une chute, n'essaye-t-il pas de dramatiser la situation pour gagner la sympathie de Peggy ? Et si tout ceci n'était qu'une ruse pour pénétrer dans la maison ? Et puis où peut bien être le détective ? Serait-il par hasard le complice de l'aubergiste ? »

Ce dernier a refermé les yeux et l'on voit remuer ses lèvres sans qu'il en sorte le moindre son.

— Parlez plus fort, dit Alice d'un ton sec. Je ne comprends rien à ce que vous dites.

L'homme lui fait signe de se pencher vers lui. Mais devant le refus de la jeune fille, il se décide enfin à hausser le ton.

Alice avait raison : Smith, qui rôdait déjà autour de l'auberge depuis un moment, a vu les jeunes filles arriver. Puis il les a observées du haut de son échelle quand elles étaient dans la tour. Constatant qu'il ne pourrait pas accéder à la maison, il a cherché une ruse pour parvenir à ses fins. Il s'est alors couché sur le toit de la véranda, à côté de son échelle qu'il a ensuite tirée sur lui. Et il a tambouriné à grands coups de talons sur la toiture en poussant un cri déchirant.

« Mais voilà, songe-t-il amèrement, que cette maudite Alice a vu clair dans mon jeu. Et j'ai beau faire le mort, elle ne veut même pas se pencher vers moi. Elle se moquerait donc de ce que j'ai à dire ? »

Brusquement, Smith se redresse d'un bond et jette ses bras autour d'Alice. Perdant l'équilibre, celle-ci bouscule Peggy qui trébuche à son tour. En un éclair, l'homme arrache un drap au lit et le rabat sur les jeunes filles.

Alice se défend comme une tigresse, à coups de pied, criant à pleins poumons, sous le tissu qui l'aveugle et lui bloque les bras. Mais Peggy, inerte et muette de terreur, la gêne.

Soudain, Alice sent quelque chose de froid lui mouiller le visage. L'odeur est suffocante. Instinctivement, elle retient son souffle et ferme les yeux pour se protéger. C'est peut-être du chloroforme !

Mais elle a beau se débattre, ses poumons lui semblent prêts à éclater et elle finit par céder : elle prend une inspiration profonde. Le sol bascule sous ses pieds, elle s'affaisse, d'un mouvement lent, interminable. Elle croit flotter dans l'espace, puis tombe bas, toujours plus bas...

Quelque temps plus tard, Alice rouvre les yeux. Que s'est-il passé ? Elle est seule, allongée sur le parquet de la chambre. Une douleur violente lui martèle les tempes. Dehors, il fait nuit.

— Peggy ! s'écrie-t-elle.

L'appel reste sans réponse.

Alice se relève et, s'appuyant contre les murs, elle sort de la chambre à tâtons, longe le couloir pour atteindre l'escalier. La clef est encore sur la serrure de la porte d'entrée. Peggy l'a laissée là après être allée répondre à l'appel téléphonique de M. Hill.

Alice la fait tourner au prix d'un grand effort, puis elle sort sous la véranda d'un pas chancelant. L'air frais qui lui fouette le visage lui redonne quelques forces, mais elle doit s'asseoir sur les marches du perron pour rassembler ses idées désordonnées.

Où est donc Peggy ? Alice se reproche amèrement de s'être laissée prendre au piège tendu par l'horrible Smith.

Lorsqu'elle commence à se sentir mieux, elle se lève enfin et descend à sa voiture. Mais celle-ci a disparu, avec M. Smith et Peggy sans aucun doute !

— Je vais téléphoner à papa, s'écrie Alice. Pourvu qu'il soit encore temps !

Comme elle revient en courant vers la maison, elle s'arrête net : deux grands pieds habillés de grosses chaussures de militaire dépassent sous les marches de la véranda.

chapitre 23

L'enlèvement

N'importe qui se serait enfui aussitôt, saisi de peur, mais, pour Alice Roy, le spectacle qu'elle vient de découvrir signifie que quelqu'un est en danger, et ceci lui importe bien plus que sa propre sécurité.

Elle saisit l'homme par les chevilles et, bien que ses membres soient encore lourds et sa tête bourdonnante à cause du soporifique, elle se met à tirer de toutes ses forces afin de faire bouger l'inconnu.

— C'est le détective ! s'exclame-t-elle, médusée, en découvrant le visage pâle, aux yeux fermés.

Elle s'agenouille auprès du corps inerte et soulève la tête de l'homme pour l'appuyer contre elle. Il pousse un gémissement et cligne des paupières. Aussitôt, Alice se met à lui donner de petites tapes sur les joues pour le ranimer et, peu à peu, l'homme revient à lui.

Soudain, des pneus crissent sur le gravier de l'allée et la lumière de deux phares traverse l'obscurité, pour se poser sur la jeune fille et l'homme qu'elle est en train de secourir. Alice entend un cri et un grincement de freins. Elle se relève d'un bond, persuadée que M. Smith revient à l'auberge pour terminer sa sinistre besogne.

— Alice ! Qu'est-ce qu'il se passe ? Tu es blessée ?

— Papa ! s'écrie la jeune fille, reconnaissant la voix de l'homme qui saute de la voiture.

— Frank Smith nous a tendu un piège. Il nous a chloroformés et il a enlevé Peggy !

— Le monstre ! s'exclame James Roy, serrant sa fille dans ses bras. Hill, vous entendez ça ?

Comme le banquier accourt à son tour, le détective s'assied péniblement.

— Cela devient sérieux, dit M. Hill, il faut prévenir la police.

— Qu'est-ce qui m'est arrivé ? demande le détective d'une voix pâteuse. Vous m'avez renversé avec la voiture ?

— Mais non. Quelqu'un vous a endormi avec du chloroforme, explique Alice.

— Ça y est, je me rappelle, dit l'homme, cherchant à se relever. Un homme est venu me voir en disant qu'il travaillait pour M. Roy. Il venait aider Mlle Alice et son amie. Mais comme je ne voulais pas le laisser entrer, il a exhibé des papiers pour me prouver qu'il avait le droit de passer. Et quand je me suis penché pour les examiner, il m'a plaqué un linge mouillé sur le visage. Après, je ne me souviens plus de rien.

Brièvement, Alice raconte ce qui leur est arrivé, à Peggy et à elle.

— Il n'y a pas de temps à perdre, déclare ensuite James Roy. Monsieur, allez rejoindre votre collègue qui est de garde à la cabane et demandez-lui s'il n'a vu personne. Nous, nous allons nous mettre à la poursuite des Smith. Si seulement nous savions dans quel sens ils sont partis !

— On pourrait essayer à l'hôtel Bellevue ? suggère Alice. Ned m'a dit qu'ils viennent d'être embauchés là-bas. Ils doivent commencer aujourd'hui.

Tout le monde se met en route aussitôt. Bien que le trajet soit assez long, personne ne décroche un mot. Alice tourne et retourne dans sa tête les minces indices qu'elle possède et échafaude des hypothèses pour expliquer l'enlèvement. Smith n'avait rien à gagner à commettre ce crime. A-t-il l'intention de demander une rançon pour libérer Peggy ? Et, dans ce cas, où va-t-il emmener la jeune fille ?

On aperçoit enfin les jardins illuminés de l'hôtel Bellevue. Des lampions de toutes les couleurs sont accrochés dans les arbres comme autant de fleurs géantes. Sous les pergolas, s'entassent des couples joyeux. La musique d'un orchestre, dissimulé derrière un massif d'arbustes, ajoute à la gaieté de l'atmosphère, tandis qu'au bord de l'eau un projecteur éclaire la rivière sillonnée de barques.

Alice ne s'attarde pas un seul instant sur ce spectacle. Elle a bien plus important à faire. La voiture a à peine le temps de s'arrêter que la jeune fille saute à terre et se précipite vers l'hôtel sans prêter la moindre attention aux regards ahuris des gens qui la voient passer.

— Je désire voir le gérant immédiatement, dit-elle à l'employé de la réception.

— Nous n'avons plus une chambre, mademoiselle, répond celui-ci, et le gérant ne pourra rien pour vous.

— Je n'ai pas besoin d'une chambre, réplique Alice. Il faut que je parle au gérant tout de suite, c'est une question de vie ou de mort.

L'employé fait des yeux ronds et, sans plus attendre, envoie un groom chercher un certain M. Salmom. Celui-ci arrive quelques instants plus tard, alors que James Roy et M. Hill pénètrent à leur tour dans le vestibule de l'hôtel. L'homme, corpulent, au visage souriant, est vêtu d'un smoking. Il s'incline devant la jeune fille.

— Je vais vous expliquer, fait Alice. Mais d'abord, dites-moi si un couple du nom de Smith travaille pour vous.

— J'ai en effet engagé ces personnes, mais elles ne sont pas restées chez moi. Leurs références ne m'ont pas paru suffisantes, répond M. Salmom.

James Roy s'est avancé. Il se présente, ainsi que M. Hill et, rapidement, informe le gérant de sa situation.

— Ils sont partis d'ici cet après-midi, vers trois heures, reprend M. Salmom. Avec leur voiture.

— Comment ? dit Alice, surprise. Je croyais qu'ils étaient venus ici dans celle de l'hôtel ?

— En fait, Ned Nickerson, notre chauffeur, s'est bien présenté à la pension de famille où ils habitaient. Mais les Smith ont répondu avec de grands airs qu'ils préféraient utiliser leur voiture. Ils sont repartis, mais vers où, je n'en ai pas la moindre idée.

— Alors, il ne nous reste plus qu'une chance, c'est d'aller à leur ancienne adresse, déclare Alice qui jette des coups d'œil à la ronde, dans l'espoir d'apercevoir son ami Ned.

Mais celui-ci est invisible et la jeune fille n'a malheureusement pas le temps de s'attarder à le chercher. Alice se tourne vers son père.

— Ned m'a dit que les Smith habitaient rue Cadillac, à River City, je ne sais plus exactement à quel hôtel. Je pense qu'il faut aller voir, déclare-t-elle.

Tous trois remontent immédiatement en voiture et James Roy prend le volant en direction de River City.

— Ça y est, l'adresse exacte me revient, dit Alice au bout d'un moment. C'est le Select Hôtel, au 32 de la rue Cadillac.

— Vous croyez vraiment que les Smith sont retournés là-bas ? demande M. Hill.

— Je n'en suis pas sûre, répond Alice. Mais nous pourrons peut-être obtenir un renseignement qui nous mettra sur leur piste. S'il y a eu du courrier pour eux, par exemple, le cachet de la poste sera peut-être un indice. Et si les patrons de l'hôtel ont surpris une conversation par hasard... On ne sait jamais !

À River City, James Roy passe devant chez lui sans s'arrêter et tourne quelques instants plus tard dans la rue Cadillac. Celle-ci est banale, bordée du côté de la rivière par des entrepôts et des hangars. En face, s'alignent des boutiques et des maisons modestes.

Cependant, la rue prend un aspect tout différent au bout d'une centaine de mètres. Les magasins et les docks font place aux bâtiments d'un petit club de voile et aux débarcadères des bateaux-mouches qui sillonnent la rivière. Des embarcations de plaisance aux coques délavées se balancent au bord de l'eau. De l'autre côté de la rue, on voit des habitations cossues, construites autrefois par de riches patrons de batellerie. C'est là, parmi ces maisons, que se trouve le numéro 32.

Cette fois encore, Alice est la première à atteindre le perron. Une jeune domestique répond à son coup de sonnette. Quand Alice s'enquiert des Smith, elle répond sans hâte qu'ils sont absents.

— Alors, laissez-moi parler à la propriétaire de la maison. Et faites vite, s'il vous plaît, ordonne Alice. Il s'agit d'une affaire criminelle et vous avez intérêt à coopérer.

— Dites-moi, Hill, dit James Roy, se tournant vers le banquier qui l'a suivi au bas des marches, je crois que nous allons laisser ma fille mener l'enquête toute seule.

Et il se met à rire.

— J'ai l'impression qu'elle sait ce qu'elle veut !

Pendant ce temps, la propriétaire de l'hôtel accourt, énorme, boudinée dans une robe violette à volants. Elle a des cheveux d'un jaune métallique aveuglant.

— Qu'est-ce qui se passe, ma belle ? demande-t-elle, fixant sur Alice un regard glacé qui contraste avec la cordialité de sa voix mielleuse. Qu'est-ce que j'entends ? On menace ma petite Daisy d'appeler la police ?

— Je recherche deux personnes, M. et Mme Smith, répond Alice avec son sourire le plus aimable. Je suis désolée d'avoir effrayé votre employée, mais il faut que j'ai immédiatement une réponse. C'est au sujet d'un héritage.

— Un héritage ? Ça, c'est une bonne nouvelle ! s'écrie l'hôtesse. Ah ! je serais prête à me couper le bras droit pour vous aider, ma mignonne. Malheureusement, M. et Mme Smith sont partis à midi. Des gens charmants. J'aurais beaucoup aimé qu'ils restent... Ils sont tellement distingués !

— Oui, dit Alice sèchement. Où sont-ils allés ?

— Ils ont trouvé du travail dans un grand hôtel des environs. Ils n'ont rien laissé chez moi. Bagages, voiture, ils ont tout emmené.

— Je viens de cet hôtel, déclare Alice. Ils n'y sont plus. Est-ce que vous avez une idée de l'endroit où ils ont pu se rendre ?

— Malheureusement, ma chérie, je n'en ai pas la moindre idée ! répond l'hôtesse avec empressement. Personne n'est venu les voir et ils n'ont pas reçu une seule lettre pendant qu'ils étaient ici. Vous n'avez pas de chance !

— En effet, dit Alice, l'air déçu. Et pourtant, je serais prête à donner une bonne somme d'agent en échange d'un indice...

Les yeux de la femme s'arrondissent comme des soucoupes, mais elle est manifestement sincère et ne sait pas ce que sont devenus les Smith.

— Quoi qu'il en soit, je vous remercie, dit Alice. Excusez-moi de vous avoir dérangée.

Et elle rejoint les deux hommes qui l'attendent.

— Et maintenant, que faisons-nous ? demande James Roy.

— Si nous repassions à la maison ? Peggy est peut-être revenue, ou les Smith ont pu téléphoner pour demander une rançon.

Mais chez l'avocat, Sarah n'a rien vu ni rien entendu.

— Dans ces conditions, déclare James Roy, il faut absolument alerter la police. Ma petite Alice, tu dois être épuisée après tant d'émotions. Tu vas rester ici, et prendre un bon bain. Et après, Sarah te servira à dîner. Pendant ce temps, M. Hill et moi, nous allons mettre tous les policiers et détectives de la ville sur l'affaire.

— Oh ! papa, s'il te plaît, dit Alice. Je veux vous accompagner. Tant pis pour le repas. Je mourrais d'inquiétude en restant ici à ne rien faire, pendant que Peggy...

Sarah a déjà disparu dans la cuisine. Elle revient quelques instants plus tard avec un bol rempli du bouillon de volaille qu'elle a tenu au chaud toute la soirée.

— Tiens, mon petit, dépêche-toi de prendre cela, dit-elle. Et puis, je t'apporterai un verre de lait avec des gâteaux secs.

Elle se tourne vers les deux hommes :

— Et vous, que... ?

— Nous avons mangé des sandwiches à Briseville, répond James Roy en souriant. Je n'ai pas faim.

— Moi non plus, ajoute M. Hill. Merci, Sarah, je ne pourrais même pas avaler une bouchée.

Tandis qu'Alice se dépêche d'expédier son dîner improvisé, elle ne cesse de réfléchir à la situation. Où peuvent bien être les Smith ?

— Voilà, j'ai fini, déclare-t-elle soudain. Et maintenant, annonce-t-elle en se levant, retournons aux Trente-Six Chandelles.

— Aux Trente-Six Chandelles ? s'exclament les deux hommes qui n'en croient pas leurs oreilles.

— Parfaitement, reprend Alice. Je suis sûre que c'est là-bas que se trouve la clef de l'énigme. J'en mettrais ma main au feu !

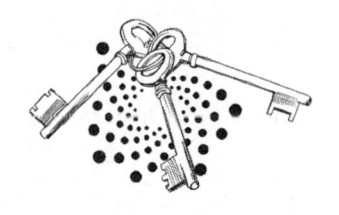

chapitre 24

Lueur dans l'ombre

La voiture de James Roy roule à vive allure sur la route qui mène aux Trente-Six Chandelles. Assise sur la banquette arrière, Alice réfléchit sur l'impulsion qui l'a soudain décidée à retourner à l'auberge.

Après tout ce qui s'est passé, elle n'a plus de doute sur l'endroit où se cache le trésor que recherchent les Smith : il ne peut être que dans la vieille maison d'Alfred Sidney.

Peggy a été enlevée et ses ravisseurs se sont enfuis. Quel est le lieu où on a le moins de risque de penser à les rechercher ?

« Là où Peggy a disparu, bien sûr, se dit Alice. Frank Smith a dû se dire que personne ne soupçonnerait qu'il garde Peggy prisonnière sur les lieux mêmes de l'enlèvement ! »

Et, à voix haute, la jeune fille s'adresse à son père :

— Tu ne crois pas qu'il vaudrait mieux éteindre le moteur maintenant que nous sommes dans l'allée ? Et éteins tes phares aussi.

— Voilà, dit James Roy, coupant le contact.

La voiture roule sans bruit jusqu'à la maison, sombre, presque invisible parmi la masse des arbres qui l'entourent. Alice ressent un petit pincement de déception et d'angoisse devant cette grande bâtisse déserte, qui semble abandonnée depuis des années.

— Faisons d'abord le tour de la maison pour voir si le détective est là, murmure-t-elle.

Elle s'avance avec précaution, suivie de près par les deux hommes. En atteignant l'angle de la maison, elle hume l'air autour d'elle. Quelqu'un vient de passer par là avec une pipe !

Elle fait signe à ses compagnons de s'arrêter, puis se plaquant contre le mur, elle se glisse jusqu'au coin et disparaît de l'autre côté. Elle entend un bruit de voix étouffées.

— Qui est là ? demande-t-elle sourdement.

La conversation s'arrête. Alice retient son souffle. Elle attend quelques instants, puis s'avance hardiment. Elle sait que c'est la meilleure chose à faire : si les deux détectives sont là, ils ne tireront pas sur quelqu'un qui s'approche sans hésiter. Et, s'il s'agit des Smith, James Roy et M. Hill seront là pour lui venir en aide.

— Qui êtes-vous ? grommelle une voix.

— Alice Roy. Et vous ?

— Quelle bonne surprise, répond, de façon inattendue, l'interlocuteur invisible.

C'est Peter Banks et William Sidney.

James Roy et M. Hill rejoignent la jeune fille et s'avancent vers l'autre groupe, aussi surpris qu'eux-mêmes de cette rencontre imprévue.

— J'ai rencontré William en ville tout à l'heure et nous nous sommes disputés, explique Peter Banks. Et puis je ne sais plus ni pourquoi ni comment nous avons décidé de revenir ici. J'avoue que ce n'est pas la première fois que je viens, mais avec ce détective de malheur, je n'ai jamais réussi à mettre le pied plus loin que la pelouse. Ce soir, par contre, il n'y avait personne.

— Comment, le détective n'est pas là ? s'inquiète James Roy.

— En tout cas, nous ne l'avons pas vu, reprend M. Banks. Et surtout, n'allez pas vous imaginer que nous sommes entrés dans la maison. J'en ai assez de jouer au chat et à la souris avec cette jeune personne ! Alors quand nous avons aperçu son cabriolet dans la remise, nous avons décidé d'attendre tranquillement pour voir ce qu'elle était en train de mijoter.

— Que dites-vous, ma voiture est ici ? s'écrie Alice vivement. C'est tout de même étonnant, on me l'a volée dans l'allée cet après-midi.

— Qui soupçonnez-vous ? demande William. En tout cas, nous n'y sommes pour rien.

— C'est Frank Smith qui l'a prise, après m'avoir endormie, comme le gardien, et il a enlevé Peggy, dit Alice d'un trait. Nous sommes venus ici pour la rechercher.

— Hein, Smith a fait ça ? Mais pourquoi ? s'exclament les deux hommes.

— Sans doute pour mettre la main sur les trésors d'Alfred Sidney, explique Alice. Il a dévalisé cette maison. Nous avons déjà retrouvé une partie de son butin : de l'argenterie, du linge brodé, sans parler des titres qu'il avait volés. Et vous qui vouliez vous unir avec lui pour priver Peggy de son héritage !

— Il s'est servi de nous, convient Peter amèrement.

— Heureusement que j'ai réussi à convaincre Bess et Marion de ne pas se mêler de vos querelles ridicules !

— Mes nièces m'ont dit qu'elles s'étaient réconciliées avec vous, réplique Peter Banks. Sur le moment, j'étais furieux, mais depuis j'ai réfléchi. Cette histoire de famille commence à me paraître insensée à moi aussi. Alfred adorait sa fille, il ne l'aurait jamais tuée volontairement. Et sa femme n'aurait pas dû l'abandonner.

— C'est bien ce que nous, les Sidney, avons toujours dit, observe William.

— Et qu'est-ce qu'ils ont de spécial, les Sidney ? riposte Peter. C'était une raison pour traiter les Banks comme des chiens galeux ?

— Tout cela paraît si bête quand on y réfléchit, se hâte de reprendre Alice. Mais maintenant, c'est Peggy qui en paie les frais. Elle se retrouve exposée aux pires dangers à cause de vos disputes puériles et de vos convoitises !

— Nous avons été de sacrés idiots, toi et moi, William, convient M. Banks.

— On peut peut-être essayer de réparer nos bêtises, réplique M. Sidney. Messieurs, que pouvons-nous faire pour vous aider à retrouver Peggy ?

— Il faut que nous alertions la police de tout l'État, dit M. Hill.

— Je voudrais d'abord éclaircir la question du

détective, dit James Roy. Et toi, Alice, quels sont tes plans ?... Alice ! où es-tu ?

Mais la jeune fille s'est esquivée. Ainsi sa voiture est là ! Smith l'a-t-il utilisée pour revenir aux Trente-Six Chandelles, ou l'a-t-il tout simplement cachée sous la remise dans l'après-midi ?

Pas à pas, Alice poursuit sa ronde dans le jardin. Elle ne voit pas le moindre signe du détective et lorsqu'elle se retrouve devant la véranda, elle ne peut réprimer un frisson en pensant à la découverte qu'elle a faite à ce même endroit si peu de temps auparavant.

En silence elle contemple la maison. Quelle histoire ces murs raconteraient-ils s'ils pouvaient parler !

« Mais il y a de lumière ! » se dit soudain Alice, arrachée à ses questionnements.

Dans la tour, les fenêtres semblent un peu moins sombres que les autres.

« On dirait que les fenêtres sont masquées pour empêcher la lumière de passer, songe-t-elle. Mais je suis prête à parier qu'il y a quelque chose là-haut ! »

Comme elle se dirige vers la porte d'entrée, elle se ravise, en se souvenant de l'échelle que Smith a utilisée pour sa mise en scène.

Aux deux extrémités de la véranda, les murs du rez-de-chaussée sont garnis de lambris de bois recouvertes par la vigne vierge. Alice enfonce les mains dans le feuillage pour s'agripper aux planches et elle escalade la façade. Avec une aisance qui la surprend elle-même, elle atteint en un clin d'œil le haut de la véranda et se hisse sur la toiture de zinc.

Parfait, l'échelle est encore là ! À force de patience, Alice réussit à la dresser contre le mur sans faire le moindre bruit.

Alors, avec des précautions infinies, elle commence son ascension. Au moment d'atteindre le haut de la tour, l'échelle vacille si brusquement qu'Alice sent le cœur lui manquer. Dans un réflexe, elle allonge le bras et n'a que le temps de s'accrocher au rebord poussiéreux de la fenêtre qui se trouve au-dessus d'elle.

Elle n'ose plus remuer, ni même lever la tête, de peur de perdre l'équilibre. Enfin, elle se rassure et, se hissant presque à la force des poignets, continue à monter. Deux échelons encore et elle peut prendre appui dans l'embrasure et se cramponner à un crochet qui devait servir dans le temps à maintenir le bas d'un store. Alors, elle se soulève prudemment pour amener ses yeux au niveau de la fenêtre.

Debout sur le dernier barreau de l'échelle, malgré sa position périlleuse, Alice triomphe. Elle a maintenant la preuve de ce qu'elle soupçonnait : à travers la lourde tenture fixée contre les vitres, elle devine de la lumière et, bien plus, elle entend une voix d'homme résonner à l'intérieur de la pièce !

Toujours prudente, Alice glisse ses doigts sous le bord de la fenêtre afin de soulever le carreau inférieur. Celui-ci cède d'un centimètre, puis de deux. Soudain, il grince légèrement : la jeune détective baisse la tête et s'attend au pire.

Quelques instants s'écoulent. La voix continue à bourdonner derrière les vitres. Alice respire. Elle relève les yeux et examine la fenêtre. La tenture doit être fixée à l'embrasure, et pas à la fenêtre elle-même, car elle n'a pas suivi le mouvement du carreau que la jeune fille a déplacé, et continue à masquer l'intérieur de la pièce.

Si Alice ne peut rien voir, elle entend en revanche beaucoup mieux à présent. Comme elle s'en doutait, la voix n'est autre que celle de Frank Smith.

— Tu as passé toute la journée ici avec cette garce et je suis certain que tu sais où est le magot. Alfred avait une fortune ! Où est l'argent ? Arrête de pleurnicher. Si tu nous dis tout, tu auras ta part. Sinon, tu seras quand même obligée de rester avec nous, et il faudra que tu travailles dur, parce que nous, tu comprends, nous n'avons pas un sou. Ah ! elle te plaît ta belle robe neuve, et tu aimes les jolies choses, je parie ? Eh bien, nous allons voir ! Parle et dépêche-toi : je te laisse encore une minute, une seule, tu entends, et après je sors le fouet !

Tandis que l'homme continue ses menaces, Alice entend Peggy qui pleure.

— Je vous dis que je ne sais rien, répète-t-elle d'une voix entrecoupée de sanglots.

— Plus que quarante secondes, s'écrie soudain Mme Smith, demeurée muette jusque-là... Plus que trente-cinq secondes !

— Et sois tranquille, poursuit l'homme, si tu ne te décides pas, nous enlèverons Alice Roy. Ce ne sera pas difficile, nous n'aurons qu'à lui tendre un piège : nous t'obligerons à lui écrire qu'elle vienne te voir. Ensuite, tu n'auras plus qu'à regarder comment nous nous y prendrons pour la forcer à nous dire où est cet or !

— Oh ! non, je vous en supplie, s'écrie Peggy en sanglotant. Je travaillerai pour vous, je ferai tout ce que vous voudrez, mais ne faites pas de mal à Alice !

— La minute est passée, dit Mme Smith.

Saisie d'horreur, Alice soulève le bas de la tenture. Une scène dramatique s'offre à elle.

Peggy se tient à quelques pas d'Alice, appuyée à la vieille table au compartiment secret. Sa jolie robe neuve est sale et froissée ; l'une des manches pend, à demi arrachée. Ses cheveux tombent en désordre le long de son visage. Alice la voit de profil, tournée vers les Smith qu'elle observe avec terreur. La femme est plantée devant elle, les bras croisés, en retrait de son mari qui, lentement, retrousse ses manches.

— Ouvre le débarras, Clara, dit Smith. C'est là que nous la mettrons quand nous en aurons fini avec elle.

La mégère se dirige vers le fond de la chambre. Smith la suit des yeux. Voyant l'attention des deux misérables se détourner un instant de Peggy, Alice passe la main par la fenêtre et heurte légèrement le bord de la table.

— Peggy ! murmure-t-elle.

Au son de cette voix étouffée, qui lui semble venir de nulle part, les nerfs de la pauvre fille cèdent. Et, poussant un cri terrible, elle s'effondre sur le parquet.

Smith se retourne, vif comme l'éclair, et il voit le bas de la tenture retomber brusquement. Il lâche un juron et s'élance, les mains en avant, pour repousser l'échelle à laquelle se cramponne Alice.

chapitre 25
Tout s'éclaire

— J'accepte de renoncer au procès, si nous parvenons à un arrangement convenable, dit Peter Banks à James Roy. Voyons, d'après les dispositions du testament, à combien s'élèverait chacune de nos parts d'héritage ?

— C'est assez difficile à détailler, parce que, jusqu'à présent, nous n'avons pas pu mettre la propriété en vente à cause de la procédure judiciaire et, nous n'avons donc pas reçu d'offre, répond l'avocat. Mais je pense que vous toucherez peut-être environ vingt-cinq mille dollars chacun.

— Qu'est-ce que tu en penses, William ? demande M. Banks à son cousin. Affaire conclue ? Vingt-cinq mille dollars, c'est déjà pas mal !

— Venez me voir à mon bureau demain et nous en parlerons, dit James Roy. Pour l'instant, le plus urgent est de retrouver Peggy... Mais, enfin, où est donc Alice ?

Tout à coup, un cri retentit, faisant sursauter les quatre hommes.

— Qu'est-ce que c'était ? s'exclame James Roy. Cela venait de la maison. Vite, allons voir !

— Mais comment allons-nous entrer ? Tout est fermé, dit William.

— Nous enfoncerons une fenêtre, crie l'avocat, tandis qu'un nouvel appel s'élève, plus clair et plus strident.

Les hommes courent jusqu'à la véranda où James Roy s'empare d'un siège de jardin qu'il lance à toute volée dans l'une des grandes vitres de la salle à manger. Et, sautant par l'ouverture, il se précipite dans la pièce, suivi par les autres.

— À la tour, vite ! ordonne-t-il en se précipitant vers le vestibule.

L'obscurité est complète, mais, guidé par sa mémoire des lieux, il atteint l'escalier qu'il gravit quatre à quatre. En atteignant le dernier palier, il se jette de tout son poids sur la porte d'Alfred Sidney. Le verrou cède et le battant s'ouvre avec fracas.

Les hommes découvrent alors une scène stupéfiante : dans la fenêtre, s'encadrent la tête et les épaules d'Alice, qui semble être suspendue dans les airs. Frank Smith s'acharne à repousser la jeune fille qui se cramponne à ses poignets pour ne pas être précipitée dans le vide. Agrippée à la taille de Smith, Peggy Bell tire l'homme en arrière, dans un effort désespéré pour sauver son amie. Et derrière elle, brandissant un bâton qu'elle s'apprête à abattre sur les épaules de la jeune fille, se tient Mme Smith !

— Arrêtez ! crie James Roy d'une grosse voix.

Bondissant dans la pièce, il envoie la femme à terre et saute à la gorge de Frank Smith. De son côté,

M. Hill court à la fenêtre pour soutenir Alice. Il était moins une : à peine a-t-il empoigné la jeune fille que l'échelle sur laquelle elle était en équilibre bascule et s'abat de tout son long dans le jardin.

Aidé par William Sidney qui est venu à la rescousse, le banquier réussit à hisser Alice dans la chambre. Pendant ce temps, Peter Banks défend la porte vers laquelle Clara Smith s'est précipitée, résolue à s'échapper sans plus se préoccuper du sort de son mari.

— Laissez-moi ! hurle Smith qui suffoque.

James Roy le lâche, et le misérable recule en titubant jusque dans un coin de la pièce, les mains crispées sur sa gorge.

— Tu n'as rien, Alice ? demande l'avocat.

— Ça va, répond-elle. Mais vous êtes arrivés juste à temps. Et maintenant, papa, il faut appeler la police. Je crois que les Smith auront pas mal de choses à leur dire.

— Oh ! Alice, tu as failli être blessée à cause de moi, s'écrie Peggy. C'est quand j'ai crié qu'ils se sont aperçus que tu étais là !

— Mais c'est aussi ce qui nous a alertés, dit James Roy. Monsieur Banks, vous voulez bien prendre l'une de ces bougies et descendre téléphoner ? Appelez le poste central de la police et demandez qu'on nous envoie immédiatement des hommes et une voiture pour emmener deux prisonniers.

Après le départ de Peter Banks, Alice se tourne vers M. Smith et, le regardant fixement :

— Où est le détective ? demande-t-elle.

— Vous n'avez qu'à le chercher, réplique l'homme avec insolence.

— Moi, je sais, déclare Peggy. M. Smith m'a obligée à lui demander de me laisser entrer ici une seconde fois. Le détective a accepté évidemment, puisqu'il me connaissait. Mais Smith ne s'est pas montré. Quand le détective s'est retourné pour ouvrir la porte, Smith l'a assommé avec je ne sais quoi. Ensuite, il l'a ligoté et bâillonné avant de l'enfermer dans le placard sous l'escalier.

— Je cours le délivrer, s'écrie William Sidney, tandis que l'aubergiste lance à son ancien allié un regard haineux.

Honteux de s'être laissé berner une seconde fois, le détective ne se fait pas prier pour prendre en charge les prisonniers et, si on l'avait laissé seul avec Frank Smith, celui-ci aurait certainement passé un mauvais quart d'heure.

— En attendant la police, dit James Roy en se laissant tomber dans un fauteuil, essayons de faire le point.

— J'aimerais d'abord savoir comment votre fille a deviné que les Smith étaient ici, s'écrie M. Hill. Vous aviez découvert un indice, Alice ?

— Pas du tout, répond-elle. Mais j'étais persuadée que ce que cherchait Smith se trouvait dans cette maison. Et je me disais aussi qu'il penserait qu'on ne viendrait jamais le chercher à l'endroit où il nous avait attaquées.

— C'est un excellent raisonnement ! déclare M. Hill, et la clef de notre énigme, j'avoue que je n'y aurais pas pensé.

— Mais si, enfin, proteste Alice modestement.

— Je n'ai jamais rien vécu d'aussi passionnant de toute ma vie, s'exclame le banquier. Au fait, cela me rappelle que j'ai reçu un courrier du Bon-Refuge. Il est à mon bureau.

— Il disait quoi ? demande Alice vivement.

— Là encore, votre intuition a fait des merveilles, répond M. Hill. Alfred Sidney a donné une somme considérable à l'orphelinat deux ans après l'arrivée de la petite Peggy, et, quand celle-ci a été adoptée par les Smith, non seulement il a déposé une caution en leur nom, mais il a aussi financé l'installation d'un terrain de jeux et d'une piscine magnifique, qui portent aujourd'hui son nom...

— Qu'est-ce que vous dites ? Comment avez-vous pu obtenir des renseignements pareils ? s'exclame James Roy.

— C'était une idée de votre fille. Et cela prouve que M. Sidney s'intéressait de près à Peggy Bell, bien avant qu'elle ne le connaisse.

— Vous pouvez me dire ce que signifie tout cela ? demande Peggy, regardant les interlocuteurs tour à tour. Vous avez découvert qui sont mes parents ?

— Nous ne le savons pas encore, répond James Roy en adressant à sa fille un sourire où se mêlent ouvertement l'admiration et le respect. Mais je suis persuadé que nous l'apprendrons bientôt.

— Et même tout de suite ! s'écrie Alice.

Et elle s'approche de la table sur laquelle est posé le chandelier de cuivre. La bougie torsadée est à moitié consumée. Avec un calme extraordinaire, Alice ouvre la vieille Bible et y prend la lettre qu'elle s'apprêtait à lire quand Peggy est venue la rejoindre dans la chambre.

— L'orphelinat a envoyé ce pli à M. Sidney peu de temps avant que les Smith n'emmènent Peggy, reprend-elle en ouvrant l'enveloppe.

Elle retire la feuille qui se trouve à l'intérieur et la déplie.

Les autres se penchent en avant, anxieux, leurs regards posés sur la jeune fille qui, rapidement, parcourt la lettre. Puis elle lit à voix haute :

— Nous avons l'honneur de porter à votre connaissance les renseignements que nous possédons sur la jeune Peggy Bell. Cette enfant a été confiée à notre institution par M. le curé de la paroisse Saint-Jacques qui l'avait trouvée dans son église. Comme elle ne connaissait pas son nom, nous lui avons donné, selon la coutume de notre maison, le patronyme de l'un de nos bienfaiteurs.

» Naturellement, des recherches ont été entreprises afin de retrouver la famille de l'enfant. Nous avons ainsi appris que sa mère, veuve de M. John Banks, était morte dans un accident de la route et que la petite fille, indemne, s'était enfuie. On avait perdu sa trace dans la foule. Tous nos efforts pour découvrir d'autres parents sont restés vains. Mme Banks n'habitait le quartier que depuis peu de temps et l'inventaire des modestes objets lui appartenant n'a pu fournir la moindre indication sur sa famille.

Tous les regards se tournent vers Peggy dont les yeux brillent d'émotion et de joie.

— Alors, je m'appelle Banks, s'écrie-t-elle, et je suis de la famille de la femme de M. Sidney ! Comme c'est étrange ! Mais j'aimerais tant connaître mon vrai prénom. Je n'ai jamais beaucoup aimé « Peggy »...

— Nous allons peut-être l'apprendre grâce à cela, dit Alice, solennelle.

D'un geste précis, elle presse l'encoche dissimulée sous le bord de la table et fait jouer le ressort. Le compartiment secret s'ouvre brusquement. La jeune fille en retire des papiers et un gros stylo.

— Alice ! Où diable as-tu appris ces tours de sorcier ? s'exclame James Roy.

— Ici, en furetant un peu partout, répond Alice avec un sourire.

Mais celui-ci s'efface brusquement quand la jeune fille déplie les feuillets qu'elle tient en main. Ils sont vierges !

— C'est incroyable, observe M. Hill. Pourquoi Alfred Sidney se serait-il donné tant de peine pour cacher du papier blanc ?

— Il avait sans doute l'intention d'y noter un secret, dit James Roy. Et il sera mort avant d'avoir pu le faire.

Alice s'abstient de tout commentaire. Déçue, mais surtout surprise, elle réfléchit. Le stylo lui semble un peu lourd : il doit y avoir quelque chose à l'intérieur. Machinalement, Alice appuie la pointe de la plume sur l'un des feuillets blancs. Ce qu'elle voit alors lui fait pousser une exclamation : le stylo est rempli d'eau !

À cet instant, on entend arriver la police, dans un grand bruit de sirène. Des projecteurs commencent à balayer la maison et le jardin. James Roy et M. Hill descendent accueillir le commissaire et ses hommes.

Ils font immédiatement une brève déposition sur l'affaire, tandis que, dans la grande salle à manger du rez-de-chaussée, les Smith restent sous la garde de William, de Peter et du détective.

Alice, elle, n'a pas bougé.

— Eh bien, dit Peggy, s'arrêtant sur le seuil de la chambre d'Alfred pour attendre son amie, tu ne descends pas ?

— Non. Je n'aime pas beaucoup voir des gens partir en prison, répond la jeune fille avec calme. Je sais bien que les Smith méritent ce qu'il leur arrive, mais comme personne n'a plus besoin de moi en bas, je préfère rester ici. D'autant que j'ai sous les yeux quelque chose... de très intéressant.

— Alice, tu es folle de brûler ces papiers ! s'écrie Peggy. Tu me caches quelque chose !

— On ne peut rien voir sur ces feuilles, réplique Alice, pour l'instant en tout cas.

Elle s'est approchée de la bougie torsadée et passe les feuillets au-dessus de la flamme sans les quitter du regard une seconde.

On entend bientôt des pas dans l'escalier et James Roy entre dans la chambre, suivi de M. Hill et des deux cousins.

— Cette fois, nous n'avons plus rien à craindre des Smith, dit-il avec un soupir de soulagement. Mais... Alice, qu'est-ce que tu es en train de faire ?

— Attends, tu vas voir.

Et, se tournant vers le groupe surpris, elle annonce, radieuse :

— On a écrit sur ces feuillets avec de l'encre invisible. Le stylo que j'ai trouvé semblait rempli d'eau, alors cela m'a donné une idée. Et comme habituellement, ces encres se révèlent à la chaleur... regardez !

Elle brandit triomphalement les papiers, couverts à présent d'une écriture fine, tracée d'une encre couleur de rouille.

— C'est extraordinaire ! s'écrie tout le monde.

— Et encore, vous n'avez pas lu le texte, dit Alice.

Alice entame donc la lecture du long document. Son auditoire passionné apprend alors qu'Alfred Sidney n'avait plus le courage de révéler un très vieux secret, mais qu'il espérait qu'un jour son manuscrit serait découvert : « Quand j'aurai achevé de tout écrire, disait-il, je voudrais pouvoir oublier la malédiction que j'ai attirée sur les miens, et avoir la force d'exprimer ouvertement ce que je confie aujourd'hui à ce papier.

« Peggy Bell, dont j'ai l'intention de faire mon héritière, est le seul être au monde en qui se trouve uni le sang des Sidney et des Banks... »

À ces mots lus par la jeune fille, il y a dans la petite assistance un murmure de surprise et chacun se penche afin de ne pas perdre une syllabe de ce qui va suivre. Le visage de Peggy est d'une pâleur extrême.

Le manuscrit révèle ensuite que Jérémie Banks, le frère de Mme Alfred Sidney, a eu deux fils, Arthur et Peter.

— C'est exact, murmure Peter Banks. Et mon frère Arthur s'est fait tuer pendant la guerre hispano-américaine.

— Arthur avait un fils, John, qui est parti étudier la peinture à New York. Il a rencontré une jeune fille à l'Institut des beaux-arts et il en est tombé amoureux. Elle s'appelait Hélène Sidney. Leurs parents se sont opposés au mariage.

À ce moment, William Sidney se cache brusquement le visage dans les mains.

— Continuez, murmure-t-il. Ne vous occupez pas de moi.

— Les jeunes gens se sont enfuis ensemble. Reniés par leur famille, ils se sont mariés. L'année suivante, une petite fille est née. Pour gagner de quoi nourrir sa petite famille, John Banks a dû accepter n'importe quel genre de travail. Un jour qu'il peignait un panneau publicitaire sur un immeuble, son échafaudage s'est écroulé et il est mort dans la chute.

» L'impitoyable sort qui semblait s'acharner sur notre famille depuis que ma propre négligence avait provoqué la mort de mon enfant, a retiré aussi la vie à Hélène Banks, poursuit Alice. Elle est morte dans un accident et sa petite fille est partie à l'aventure. J'ai fini par la retrouver un peu plus tard dans un orphelinat, sous un autre nom. Cette enfant, Peggy Bell, se nomme en réalité Elisabeth Banks. Désirant la protéger contre les rancunes et les querelles de la famille, j'ai tenu son identité secrète et je l'ai confiée aux soins de mes bons et fidèles serviteurs, Frank et Clara Smith. Ceux-ci m'ont assuré l'élever et la traiter comme leur propre fille. Le jour viendra cependant où, si la Providence le permet, Peggy Bell apprendra qui elle est. Ce sera lorsque ce document aura été découvert et son texte déchiffré.

Un silence de mort règne dans la pièce. Puis

William Sidney se lève et, d'un pas chancelant, se dirige vers Peggy.

— Ta mère était ma fille, lui dit-il. Et tu es ma petite-fille, si tu veux bien m'accepter comme grand-père, après l'attitude révoltante que j'ai eue envers toi. J'ai chassé la pauvre Hélène de ma vie par entêtement, comme un vieux fou que j'étais. Et je n'ai jamais su ce que sa fille était devenue.

Quelques jours plus tard, Marion, Bess et Peggy se retrouvent aux Trente-Six Chandelles avec Alice. Ensemble, elles partent à la chasse au trésor dans la chambre d'Alfred : chacune des bougies torses indique l'emplacement de l'une des cachettes où le vieillard dissimulait ses trésors. Papiers de famille, vieilles lettres, brevets d'invention et coupures de journaux apparaissent ainsi par dizaines, en plus de plusieurs rouleaux d'or et de billets de banque.

— Il faut chercher partout, dit Alice, la maison va être mise en vente d'ici quelques jours.

— En fait, j'ai eu une idée, dit Peggy timidement. J'ai de l'agent à ne plus savoir qu'en faire maintenant. Alors, je me suis dit que peut-être je pourrais racheter moi-même la propriété... Comme ça, cette vieille maison resterait dans la famille.

— Oh ! Peggy, c'est une idée géniale, s'exclame Alice, enthousiaste. Et comme ça, au prochain Noël, tous les Banks et tous les Sidney pourront se réunir ici, pour la première fois depuis cinquante ans.

— C'est à toi que l'on doit tout cela, dit Peggy gravement.

— Et comment, renchérit Marion. Sans la clairvoyance de cette tête de mule d'Alice, les deux familles seraient encore ennemies et les Smith auraient volé la fortune d'Alfred Sidney. Eh bien moi, je suis vraiment contente d'être ton amie !

— Et moi donc ! s'écrie Bess.

Puis elle ajoute en riant :

— Et la prochaine fois que tu te lanceras sur la piste d'une nouvelle énigme, tu pourras compter sur nous ! À mon avis, te connaissant, ça ne saurait tarder !

Table

1. L'orage	7
2. Dans la tour	13
3. Un mystère	19
4. Alfred Sidney	31
5. Étranges visiteurs	39
6. Le récit de Sarah	47
7. Premières difficultés	55
8. Les soupçons de Peggy	63
9. Le coffret	71
10. Course contre la montre	77
11. Réunion de famille	83
12. Accalmie	93
13. Nouvelles complications	101
14. Une triste nouvelle	111
15. Le testament	119
16. Alice fait une découverte	127
17. Passe d'armes	137
18. Alice mène l'enquête	145

19. Alice a une idée	155
20. Le chandelier	163
21. Un coup de théâtre	175
22. Le piège	181
23. L'enlèvement	187
24. Lueur dans l'ombre	197
25. Tout s'éclaire	205

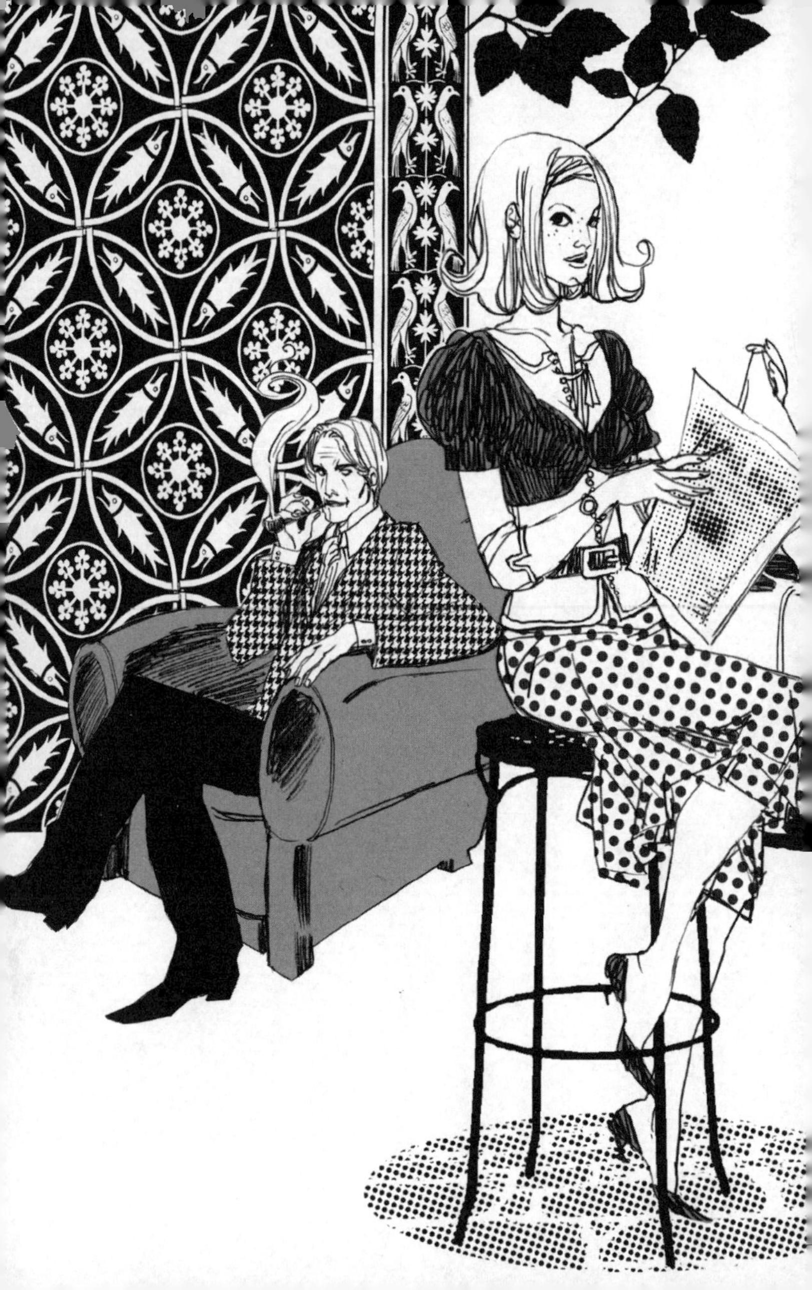

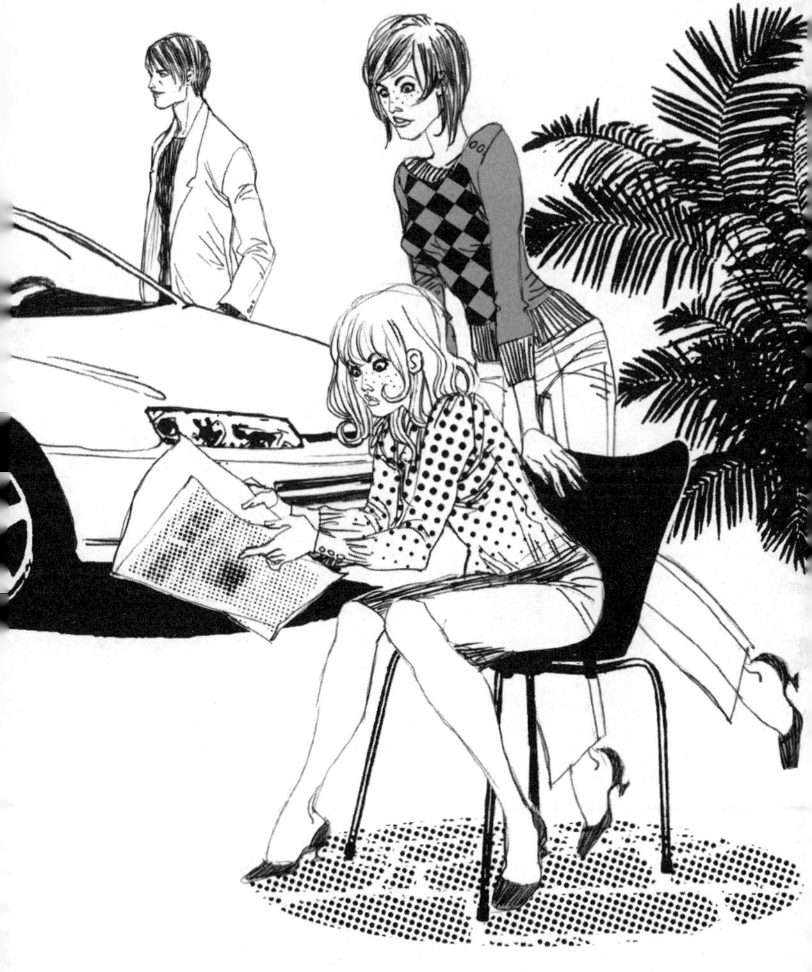

Composition *Jouve* – 62300 Lens

Imprimé en France par *Partenaires-Book*® JL
N° dépôt légal : 69761 – mars 2006
20.07.1144.01/3 – ISBN 2-01-201144-6

Loi n° 49-956 du 16 juillet 1949
sur les publications destinées à la jeunesse